Diogenes Taschenbuch 20715

de
te
be

Georges Simenon

Maigret und die kopflose Leiche

Roman

Deutsch von Wolfram Schäfer

Diogenes

Titel der Originalausgabe: ›Maigret et le corps sans tête‹
Copyright © 1955 by Georges Simenon. Die deutsche
Erstausgabe erschien 1957 unter dem Titel
›Maigret und der Kopflose‹.
Umschlagzeichnung
von Hans Höfliger

80/91/8/2
ISBN 3 257 20715 8

Inhalt

I

Der Fund der Gebrüder Naud

Der Himmel begann gerade erst blaß zu werden, als Jules, der ältere der beiden Brüder Naud, an Deck des Lastkahns erschien, zunächst sein Kopf, dann seine Schultern, dann sein großer schlaksiger Körper. Er strich sich über sein flachsfarbenes Haar, das noch nicht gekämmt war, blickte zur Schleuse hinüber, links zum Quai de Jemmapes, rechts zum Quai de Valmy, und verweilte ein paar Minuten, um eine Zigarette zu drehen und sie in der Kühle des frühen Morgens zu rauchen, noch ehe in der kleinen Bar an der Ecke der Rue des Récollets eine Lampe anging.

Wegen des diesigen Wetters wirkte das Gelb der Fassade greller als sonst. Popaul, der Wirt, trat ohne Kragen und ebenfalls ungekämmt auf den Bürgersteig hinaus, um die Fensterläden abzunehmen.

Naud schritt über den Landesteg und überquerte den Quai, während er sich seine zweite Zigarette drehte. Als sein Bruder Robert, der fast ebenso groß und hager war wie er, seinerseits aus einer Luke auftauchte, konnte er Jules in der erleuchteten Bar auf die Theke gestützt stehen sehen und den Wirt, der einen Schuß Schnaps in seinen Kaffee goß.

Man hatte den Eindruck, Robert warte, bis er an der Reihe sei. Mit den gleichen Gesten wie sein Bruder drehte er sich eine Zigarette. Als der ältere aus der Bar herauskam, verließ der jüngere den Lastkahn, so daß sie sich auf der Mitte der Straße begegneten.

»Ich lasse den Motor an«, verkündete Jules.

Es gab Tage, an denen wechselten sie kaum mehr als zehn Sätze dieser Art. Ihr Schiff hieß »Les deux frères« (Die beiden Brüder). Sie hatten Zwillingsschwestern geheiratet, und beide Familien lebten an Bord.

Robert nahm den Platz seines älteren Bruders in Popauls Bar ein, in der es nach Kaffee mit Schuß duftete.

»Wird schön heute«, erklärte Popaul kurz und mit schwerer Zunge.

Naud warf lediglich einen Blick durchs Fenster auf den Himmel, der sich rosig färbte. Die Schornsteine auf den Dächern gewannen als erste Leben und Farbe in dieser Landschaft, während auf den Schieferplatten und Dachziegeln wie auf einigen Steinen des Fahrdamms die Kälte der letzten Nachtstunden eine feine Reifschicht ausgebreitet hatte, die nun zu schmelzen begann.

Man vernahm das Tuckern des Dieselmotors. Das Heck des Lastkahns spuckte stoßweise schwarze Rauchwolken aus. Naud legte Geld auf die Theke, tippte mit der Fingerspitze an den Mützenrand und überquerte erneut den Quai. Der Schleusenwärter war in Uniform am Flutbecken erschienen und ließ das Wasser einströmen. In der Ferne waren auf dem

Quai de Valmy Schritte zu hören, aber man sah noch niemanden. Kinderstimmen drangen aus dem Inneren des Schiffes, wo die Frauen Kaffee kochten.

Jules tauchte wieder an Deck auf, beugte sich mit gerunzelter Stirn über das Heck, und sein Bruder ahnte, was nicht funktionierte. Sie hatten in Beauval am Kilometerstein 48 des Ourcq-Kanals Quadersteine geladen. Wie fast jedesmal waren ein paar Tonnen zuviel gebunkert worden, und schon tags zuvor, als sie aus dem Hafenbecken von La Villette fuhren, um in den Kanal Saint-Martin einzubiegen, hatten sie den Grundschlamm aufgerührt.

Im März mangelte es normalerweise nicht an Wasser. In diesem Jahr hatte es jedoch seit zwei Monaten nicht geregnet, und so ging man mit dem Kanalwasser sparsam um.

Die Schleusentore öffneten sich. Jules stellte sich ans Steuerrad. Sein Bruder sprang an Land, um die Ankertaue zu lösen. Die Schiffsschraube begann sich zu drehen, und wie beide befürchteten, wühlte sie dikken Schlamm auf, der an die Oberfläche quoll und dicke Blasen aufwarf.

Robert stemmte sich mit seinem ganzen Gewicht gegen die Stange, um den Bug des Lastkahns vom Ufer wegzudrücken. Die Schraube schien sich im Leeren zu drehen. Der Schleusenwärter, der derlei gewohnt war, wartete geduldig und schlug sich in die Hände, um warm zu werden.

Es gab einen Ruck, dann ein beunruhigendes Geräusch im Getriebe, und Robert Naud wandte sich zu seinem Bruder um, der den Motor abstellte.

Sie wußten beide nicht, was geschehen war. Die Schraube hatte den Grund nicht berührt, denn sie wurde von einem Teil des Ruders geschützt. Irgend etwas mußte sich hineinverwickelt haben, vielleicht eine alte Ankertrosse, wie sie manchmal auf dem Boden der Kanäle herumliegen, und wenn das zutraf, würden sie Mühe haben, davon loszukommen.

Robert begab sich mit seiner Stange nach achtern, beugte sich hinab, versuchte, in dem undurchsichtigen Wasser die Schraube zu erreichen, während Jules einen kleineren Bootshaken holen ging und Laurence, seine Frau, den Kopf aus der Luke herausstreckte.

»Was ist?«

»Weiß nicht.«

Schweigend machten sie sich daran, mit ihren Stangen die stillstehende Schraube zu bewegen, und nach ein paar Minuten kam der Schleusenwärter Dambois, der von allen Charles genannt wurde, und pflanzte sich am Quai auf, um ihnen zuzuschauen. Er stellte keine Fragen, sondern zog nur stumm an seiner Pfeife, deren Mundstück mit Bindfaden geflickt war.

Man erblickte einige Passanten, die zur Place de la République hinuntereilten, und Krankenschwestern in ihrer Tracht, die sich zum Saint-Louis-Krankenhaus begaben.

»Hast du's?«

»Ich glaube.«

»Ein Kabel?«

»Ich weiß es nicht.«

Jules Naud hatte mit seinem Bootshaken etwas aufgegabelt, und nach einer Weile gab der Gegenstand nach, und neue Luftblasen stiegen an die Oberfläche.

Langsam zog er an der Stange, und als der Haken die Wasseroberfläche erreichte, sah man ein sonderbares Paket auftauchen, das in aufgeplatztes Zeitungspapier gewickelt und verschnürt war.

Es war ein menschlicher Arm, ein ganzer, von der Schulter bis zur Hand, der im Wasser eine bleiche Farbe und die Konsistenz eines toten Fisches angenommen hatte.

Depoil, der Wachtmeister des 3. Polizeireviers am Ende des Quai de Jemmapes, hatte gerade seinen Nachtdienst beendet, als die hohe Gestalt des älteren der Gebrüder Naud im Türrahmen erschien.

»Ich liege mit meinem Schiff ›Les deux frères‹ oberhalb der Schleuse von Les Récollets. Als wir losfahren wollten, hat die Schraube sich festgefressen, und wir haben einen Männerarm herausgeholt.«

Depoil, der seit fünfzehn Jahren seinen Dienst im 10. Arrondissement versah, reagierte wie alle Polizisten, denen so etwas gemeldet wird.

»Einen Männerarm?« wiederholte er ungläubig.

»Ja, einen Männerarm. Die Hand ist braun behaart und ...«

In bestimmten Zeitabständen wurden Leichen aus dem Kanal Saint-Martin geborgen, und fast immer tauchten sie durch den Sog einer Schiffsschraube auf. Meistens war der Leichnam vollständig, und dann war es manchmal ein Mann, ein alter Clochard zum Beispiel, der einen Schluck zuviel getrunken hatte und in den Kanal gefallen war, oder einer dieser üblen Burschen, der von einer rivalisierenden Bande durch einen Messerstich kaltgemacht worden war.

Zerstückelte Leichen waren keine Seltenheit, zwei oder drei wurden im Jahresdurchschnitt gefunden, aber soweit die Erinnerung des Wachtmeisters Depoil zurückreichte, handelte es sich dabei unweigerlich um Frauen. Man wußte sofort, wo man nachzuforschen hatte. In neun von zehn Fällen, wenn nicht öfter, war es eine Prostituierte niedrigster Klasse, eine von denen, die man nachts in zweifelhaften Gegenden herumstreichen sieht.

»Lustmord«, folgerte der Polizeibericht.

Die Ordnungshüter kannten die Fauna des Viertels, verfügten über täglich ergänzte Listen der verdächtigen Subjekte und zweifelhaften Individuen. Ein paar Tage genügten im allgemeinen, um den Urheber irgendeines Delikts festzunehmen, ob es sich nun um einen Schaufensterdiebstahl oder einen bewaffneten Raubüberfall handelte. Aber es geschah selten, daß man einen jener Mörder zu fassen bekam.

»Haben Sie ihn mitgebracht?« fragte Depoil.

»Den Arm?«

»Wo haben Sie ihn gelassen?«

»Auf dem Quai. Können wir weiterfahren? Wir müssen unbedingt zum Quai de l'Arsenal hinunter, wo man uns zum Löschen der Ladung erwartet.«

Der Wachtmeister zündete sich eine Zigarette an, begann den Zwischenfall an die Zentrale des Überfallkommandos weiterzugeben und verlangte dann die Privatnummer des Kommissars von diesem Revier.

»Entschuldigen Sie bitte, wenn ich Sie geweckt habe. Schiffer haben eben einen menschlichen Arm aus dem Kanal gefischt ... Nein! Einen Männerarm ... Daran habe ich auch schon gedacht ... Wie? ... Der ist hier, ja ... Ich frage ihn mal ...«

Er wandte sich Naud zu, ohne den Hörer aufzulegen.

»Sieht er so aus, als habe er lange im Wasser gelegen?«

Naud der Ältere kratzte sich am Kopf.

»Das hängt davon ab, was Sie lange nennen.«

»Ist er sehr verwest?«

»Das kann man nicht sagen. Meiner Meinung nach kann er zwei oder drei Tage dringelegen haben ...«

Der Wachtmeister wiederholte in den Apparat hinein:

»Zwei oder drei Tage ...«

Dann nahm er, während er mit seinem Bleistift spielte, die Anweisungen entgegen, die der Kommissar ihm gab.

»Können wir durchschleusen?« fragte Naud erneut, als der Beamte aufgelegt hatte.

»Noch nicht. Wie der Kommissar sehr richtig sagt, ist es möglich, daß sich weitere Körperteile an dem Lastkahn verfangen haben, und wenn der losfährt, besteht die Gefahr, daß sie verlorengehen.«

»Ich kann aber doch nicht ewig hier liegenbleiben! Hinter uns warten schon vier talfahrende Schiffe und werden ungeduldig.«

Der Wachtmeister, der ein weiteres Gespräch angemeldet hatte, harrte auf Antwort.

»Hallo! Victor? Habe ich dich geweckt? Du warst bereits beim Frühstück? Um so besser. Ich habe Arbeit für dich.«

Victor Cadet wohnte in der Nähe, in der Rue du Chemin-Vert, und es verging selten ein Monat, ohne daß man nicht seiner Dienste am Kanal Saint-Martin bedurft hätte. Er war zweifellos derjenige, der die absonderlichsten Dinge, einschließlich menschlicher Leichen, aus der Seine und den Pariser Kanälen herausgeholt hatte.

»Ich brauche nur noch meinem Assistenten Bescheid zu sagen.«

Es war sieben Uhr morgens, und am Boulevard Richard-Lenoir war Madame Maigret, schon frisch nach Seife duftend und angezogen, damit beschäftigt, in der Küche das Frühstück herzurichten, während ihr Mann noch schlief. Am Quai des Orfèvres hatten Lucas und Janvier um sechs Uhr ihren Dienst angetreten, und es war Lucas, der die Meldung von der Entdeckung erhielt, die kurz zuvor im Kanal gemacht worden war.

»Merkwürdig!« brummelte er zu Janvier hin. »Man hat einen Arm aus dem Kanal Saint-Martin gefischt, und es ist kein Frauenarm.«

»Ein männlicher?«

»Was denn sonst.«

»Es hätte ja auch ein Kinderarm sein können.«

Auch das war vorgekommen, ein einziges Mal, vor drei Jahren.

»Benachrichtigen Sie den Chef?«

Lucas sah auf die Uhr, zögerte, schüttelte den Kopf.

»Das eilt nicht. Lassen wir ihn ruhig seinen Kaffee trinken.«

Zehn Minuten vor acht hatte sich vor dem Lastkahn »Les deux frères« eine beachtliche Menschenansammlung gebildet, und ein Schutzmann hielt die Schaulustigen von einem Gegenstand zurück, der auf dem Pflaster lag und den man mit einer Plane zugedeckt hatte. Victor Cadets Boot, das weiter talwärts lag, hatte durchgeschleust werden müssen und legte nun am Quai an.

Cadet war ein Koloß, und man hatte den Eindruck, er habe sich seinen Taucheranzug nach Maß anfertigen lassen müssen. Sein Gehilfe hingegen war ein kleiner Alter, der bei der Arbeit priemte und lange braune Speichelfäden ins Wasser spie.

Seine Aufgabe war es, die Leiter zu befestigen, die Pumpe ansaugen zu lassen und schließlich den riesigen, kugelförmigen Kupferhelm auf Victors Hals festzuschrauben.

Zwei Frauen und fünf Kinder, alle mit fast weißblondem Haar, standen am Heck der »Frères«; die eine der Frauen war schwanger, die andere trug ein Baby auf dem Arm.

Die Sonnenstrahlen fielen voll auf die Wohnhäuser am Quai de Valmy, und es war ein so klares, so heiteres Sonnenlicht, daß man sich fragen konnte, warum dieser Quai in so schlechtem Ruf stand. Gewiß, der Anstrich auf den Fassaden war nicht mehr frisch, das Weiß oder Gelb war verwaschen, doch an diesem Märzmorgen wirkte der Anblick so unbeschwert wie ein Gemälde von Utrillo.

Hinter dem Schiff »Les deux frères« warteten vier Lastkähne, auf denen Wäsche zum Trocknen an Leinen hing und Kinder zur Ruhe angehalten wurden, während Teergeruch den weniger angenehmen Geruch des Kanals überlagerte.

Um Viertel nach acht erhielt Maigret, der gerade seine zweite Tasse Kaffee ausgetrunken hatte und sich den Mund abwischte, bevor er sich die erste Pfeife ansteckte, den Telefonanruf von Lucas.

»Einen Männerarm, sagst du?«

Auch er war erstaunt.

»Weiter hat man nichts gefunden?«

»Victor, der Taucher, ist schon bei der Arbeit. Man muß die Schleuse so schnell wie möglich freigeben, sonst gibt es eine Verkehrsstockung.«

»Wer hat sich bisher damit befaßt?«

»Judel.«

Das war ein Inspektor des 10. Arrondissements, ein unscheinbarer, aber gewissenhafter Mann, auf den man sich hinsichtlich der ersten Feststellungen durchaus verlassen konnte.

»Fahren Sie dort vorbei, Chef?«

»Es ist kein großer Umweg.«

»Soll einer von uns da zu Ihnen stoßen?«

»Wer ist im Büro?«

»Janvier, Lemaire ... Warten Sie. Hier kommt gerade Lapointe.«

Maigret zögerte einen Augenblick. Auch rings um ihn schien die Sonne, und man hätte das Fenster ein bißchen aufmachen können. Vielleicht war der Fall bedeutungslos, ohne Geheimnis, und dann könnte

Judel sich weiter damit befassen. Zu Anfang kann man nie wissen! Wenn es sich um einen Frauenarm gehandelt hätte, so würde Maigret ohne weiteres gewettet haben, daß alles übrige reine Routine sein würde.

Da es sich jedoch um einen Männerarm drehte, war alles möglich. Und wenn sich der Fall als kompliziert erwies, wenn der Kommissar beschloß, die Ermittlung selbst in die Hand zu nehmen, dann hingen die folgenden Tage zum Teil von der Wahl ab, die er jetzt traf, denn er vollführte und beendete eine Untersuchung vorzugsweise mit dem Inspektor, mit dem er sie begonnen hatte.

»Schick Lapointe hin.«

Es war eine Weile her, daß er mit ihm enger zusammengearbeitet hatte, und seine Jugend, seine Begeisterung gefielen ihm ebenso wie seine Verwirrung, wenn er glaubte, einen Fehler begangen zu haben.

»Soll ich den Chef benachrichtigen?«

»Ja. Ich komme bestimmt zu spät zum Rapport.«

Es war der 23. März. Offiziell hatte der Frühling vor zwei Tagen begonnen, und, was man nicht jedes Jahr sagen kann, man witterte ihn bereits so stark in der Luft, daß Maigret beinahe ohne Mantel weggegangen wäre.

Am Boulevard Richard-Lenoir nahm er ein Taxi. Es gab keine direkte Autobusverbindung, und das Wetter war nicht dazu angetan, sich in die Métro einzusperren. Wie erwartet, traf er vor Lapointe an der Schleuse Les Récollets ein und fand Inspektor Judel, der sich über das schwarze Kanalwasser beugte.

»Ist nichts weiter gefunden worden?«

»Noch nicht, Chef. Victor ist dabei, um das Schiff herumzugehen und sich zu vergewissern, daß sich nichts daran festgehakt hat.«

Weitere zehn Minuten verflossen, und Lapointe war inzwischen aus einem kleinen schwarzen Wagen der Kriminalpolizei gestiegen, als helle Luftblasen anzeigten, daß Victor bald auftauchen würde.

Sein Helfer machte sich eilig daran, den Kupferhelm abzuschrauben. Sofort steckte sich der Taucher eine Zigarette an, blickte sich um, erkannte Maigret und winkte ihm freundlich einen Morgengruß zu.

»Nichts weiter?«

»In diesem Abschnitt nicht.«

»Kann das Schiff seine Fahrt fortsetzen?«

»Ich bin überzeugt, daß es außer Grundschlamm nichts mitschleppen wird.«

Robert Naud, der ihnen zugehört hatte, rief seinem Bruder zu:

»Laß den Motor an.«

Maigret wendete sich Judel zu.

»Haben Sie ihre Aussage?«

»Ja. Sie haben sie unterschrieben. Außerdem brauchen sie mindestens vier Tage, um am Quai de l'Arsenal die Ladung zu löschen.«

Das war nicht weit, gut zwei Kilometer talwärts, zwischen der Bastille und der Seine.

Es dauerte seine Zeit, bis der Lastkahn flott war, denn sein überfüllter Rumpf scharrte auf dem Grund, aber schließlich gelangte er doch in die Schleuse, und die Tore schlossen sich hinter ihm.

Die meisten Schaulustigen begannen weiterzugehen. Wer zurückblieb, hatte nichts zu tun und würde wahrscheinlich den ganzen Tag hier herumstehen.

Victor hatte seinen Gummianzug nicht ausgezogen.

»Wenn noch andere Stücke da sind«, erklärte er, »befinden sie sich weiter stromaufwärts. Schenkel, ein Rumpf, ein Kopf, die sind schwerer als ein Arm und werden weniger leicht mitgespült.«

Man sah keinerlei Strömung an der Oberfläche des Kanals, und die Abfälle, die darauf schwammen, schienen sich nicht von der Stelle zu bewegen.

»Natürlich herrscht hier keine Strömung wie in einem Fluß. Dennoch entsteht bei jeder Schleuse eine kaum wahrnehmbare Wasserbewegung, die sich über den ganzen Kanalabschnitt ausdehnt.«

»So daß man die Nachforschungen bis zur nächsten Schleuse durchführen muß?«

»Die Stadt bezahlt ja, und Sie geben die Anordnungen«, schloß Victor zwischen zwei Zigarettenzügen.

»Wird das lange dauern?«

»Das hängt von dem Ort ab, wo ich den Rest finde. Wenn der überhaupt im Kanal liegt, natürlich!«

Warum hätte man einen Teil des Körpers in den Kanal und den anderen beispielsweise auf freies Gelände werfen sollen?

»Machen Sie weiter.«

Cadet bedeutete seinem Gehilfen, das Boot ein Stück stromaufwärts zu verankern, und schickte sich an, seinen Kupferhelm wieder aufzusetzen.

Maigret nahm Judel und Lapointe beiseite. Sie bildeten auf dem Quai eine kleine Gruppe, die von den

Neugierigen mit dem Respekt betrachtet wurde, den man unbewußt Vertretern der Behörden zollt.

»Lassen Sie auf alle Fälle freies Gelände und die umliegenden Baustellen durchsuchen.«

»Das hatte ich auch schon erwogen«, sagte Judel. »Ich wollte nur erst Ihre Anweisungen abwarten.«

»Über wie viele Leute verfügen Sie?«

»Heute vormittag über zwei. Am Nachmittag könnte ich drei bekommen.«

»Versuchen Sie herauszukriegen, ob während der letzten Tage Schlägereien in der Nähe stattgefunden haben, vielleicht hat man Schreie gehört, Hilferufe.«

»Ja, Chef.«

Maigret ließ den uniformierten Polizisten als Wache bei dem Männerarm zurück, der immer noch unter der Plane auf dem Pflaster des Quais lag.

»Kommst du, Lapointe?«

Er ging auf die grellgelb angestrichene Bar an der Ecke zu und stieß die Fenstertür des »Chez Popaul« auf. Ein paar Arbeiter aus der Umgebung standen in ihrer Arbeitskleidung um die Theke und frühstückten.

»Was darf es sein?« fragte der Wirt eilfertig.

»Haben Sie Telefon?«

Im selben Augenblick entdeckte er es. Es war ein Wandapparat, der nicht in einer Kabine hing, sondern gleich neben dem Tresen.

»Komm, Lapointe.«

Er hatte keine Lust, in aller Öffentlichkeit zu telefonieren.

»Wollen Sie nicht was trinken?«

Popaul schien gekränkt, und der Kommissar versprach ihm:

»Nachher.«

Längs des Quais erblickte man einstöckige Baracken sowie aneinandergebaute Mietshäuser, Werkstätten und große Betonbauten, in denen sich Büros befanden.

»Wir werden schon ein Bistro mit einer Telefonzelle finden.«

Sie folgten dem Bürgersteig und konnten nun am anderen Kanalufer die ausgeblichene Fahne und die blaue Laterne des Polizeireviers sehen und dahinter die dunkle Gebäudemasse des Saint-Louis-Krankenhauses.

Sie mußten etwa dreihundert Meter weit laufen, ehe sie eine düstere Bar entdeckten, deren Tür der Kommissar aufstieß. Man mußte zwei Steinstufen hinabsteigen, und der Fußboden war mit kleinen dunkelroten Fliesen gekachelt, wie in Wohnhäusern von Marseille.

Es befand sich niemand in dem Raum, nur eine fuchsrote dicke Katze, die in der Nähe des Ofens lag, sich träge erhob, auf eine angelehnte Tür zuschlich und dahinter verschwand.

»Ist hier niemand?« rief Maigret.

Man hörte das hastige Ticken einer Kuckucksuhr. Der Geruch von Schnaps und Weißwein lag in der Luft, wobei der Schnaps überwog, aber auch ein bißchen nach Kaffee roch es.

In einem Hinterzimmer rührte sich etwas. Eine Frauenstimme sagte mit einer gewissen Trägheit:

»Sofort!«

Die Decke war niedrig, verräuchert, die Wände waren nachgedunkelt, der ganze Raum war in ein Dämmerlicht getaucht, das nur ein paar Sonnenstrahlen wie die Glasfenster einer Kirche durchdrangen. An der Wand hing ein Pappschild, auf dem in unbeholfener Schrift zu lesen stand:

Mahlzeiten zu jeder Tageszeit

Und auf einem anderen Schild:

Essen kann mitgebracht werden

Zu dieser Stunde schien das niemanden in Versuchung zu führen, und Maigret und Lapointe waren heute wohl die ersten Gäste. Eine Telefonzelle befand sich in einer Ecke. Maigret wartete, bevor er sie betrat, auf das Erscheinen der Wirtin.

Als sie eintrat, steckte sie gerade die letzten Nadeln in ihr dunkelbraunes, fast schwarzes Haar. Sie war hager, von unbestimmtem Alter, vierzig oder fünfundvierzig Jahre vielleicht, und sie näherte sich mit verdrossenem Gesicht, wobei ihre Filzpantoffeln auf den Fliesen schlurften.

»Was wünschen Sie?«

Maigret schaute Lapointe an.

»Ist der Weißwein gut?«

Sie zuckte die Achseln.

»Zwei Weißwein. Haben Sie eine Telefonmünze?«

Er ging in die Kabine, schloß die Tür hinter sich

und rief das Büro des Staatsanwalts an, um mündlich Bericht zu erstatten.

Ein Stellvertreter meldete sich am anderen Ende der Leitung und zeigte sich ebenso erstaunt wie die anderen, als er hörte, daß der Arm, den man aus dem Kanal gefischt hatte, ein Männerarm war.

»Ein Taucher setzt die Suche fort. Er meint, daß der Rest, falls es einen gibt, stromaufwärts zu finden sein müßte. Ich persönlich möchte, daß Dr. Paul den Arm so bald wie möglich untersucht.«

»Kann ich Sie zurückrufen, wo Sie jetzt sind? Ich werde sofort versuchen, ihn zu erreichen, und gebe Ihnen Bescheid.«

Maigret las die Nummer auf seinem Apparat, gab sie dem Vertreter der Staatsanwaltschaft und kehrte an den Schanktisch zurück, wo zwei volle Gläser standen.

»Auf Ihr Wohl!« sagte er zu der Wirtin gewandt.

Sie erweckte nicht den Anschein, es gehört zu haben. Sie musterte sie ohne jede Sympathie, wartete darauf, daß sie wieder gingen, um sich erneut ihrer Beschäftigung zuwenden zu können, wahrscheinlich ihrer Morgentoilette.

Sie mußte einmal hübsch gewesen sein. Jedenfalls war sie wie jedermann jung gewesen. Jetzt verrieten ihre Augen, ihr Mund, ihr ganzer Körper Anzeichen von Müdigkeit. Vielleicht war sie krank und erwartete einen Anfall? Manche Leute, die die Stunden kennen, in denen ihre Schmerzen wieder einsetzen, haben diesen stumpfen und zugleich gespannten Ausdruck, der dem der Rauschgiftsüchtigen ähnelt, die auf den

Augenblick harren, da sie ihre Dosis nehmen können.

»Ich werde gleich am Telefon verlangt«, murmelte Maigret, als wolle er sich entschuldigen.

Es war ein öffentlicher Ort, gewiß, wie alle Bars, Cafés, ein irgendwie anonymer Ort, und dennoch hatten beide den Eindruck, zu stören, in eine Umgebung eingedrungen zu sein, in der sie nichts zu suchen hatten.

»Ihr Wein ist gut.«

Das stimmte. Die meisten Bistros in Paris bieten einen »leichten Landwein« an, aber überwiegend handelt es sich dabei um einen gepanschten Wein, der direkt aus Bercy kommt. Dieser hier hingegen hatte einen erdigen Geschmack, den der Kommissar zu identifizieren versuchte.

»Sancerre?« fragte er.

»Nein. Er stammt aus einem kleinen Dorf in der Umgebung von Poitiers.«

Deshalb hatte er also einen feuersteinartigen Nachgeschmack.

»Haben Sie da unten Verwandte?«

Sie gab keine Antwort, und Maigret bewunderte ihre Fähigkeit, reglos dazustehen und sie mit ausdruckslosem Gesicht stumm zu mustern. Die Katze hatte sich zu ihr gesellt und rieb sich an ihren nackten Beinen.

»Und Ihr Mann?«

»Er ist gerade hingefahren, um welchen zu holen.«

Neuen Wein zu holen, wollte sie damit wohl sagen. Es war nicht leicht, die Unterhaltung in Fluß zu halten, und als Maigret ihr ein Zeichen gab, die Gläser nochmals zu füllen, kam ihm das Klingeln des Telefons zu Hilfe.

»Ja, am Apparat. Haben Sie Dr. Paul erreicht? Hat er Zeit? In einer Stunde? Gut! Ich werde dort sein.«

Er verzog sein Gesicht, als er hörte, was dann folgte. Der Vertreter der Staatsanwaltschaft teilte ihm nämlich mit, daß der Fall dem Untersuchungsrichter Coméliau zugewiesen worden sei, der so etwas wie Maigrets intimer Feind war, der bürokratischste und verbissenste aller Richter.

»Er verlangt ausdrücklich, daß Sie ihn auf dem laufenden halten.«

»Ich weiß.«

Das bedeutete, daß Maigret täglich fünf oder sechs Telefonanrufe von Coméliau erhalten würde und daß er ihm jeden Morgen in seinem Büro Rechenschaft ablegen mußte.

»Naja!« seufzte er. »Man tut, was man kann!«

»Es ist nicht meine Schuld, Kommissar. Er war der einzige verfügbare Richter und . . .«

Der Sonnenstrahl fiel jetzt etwas schräger in das Café und hatte Maigrets Glas erreicht.

»Wir müssen gehen«, murmelte er und zog Geld aus der Tasche.

»Was macht das?«

Und unterwegs:

»Hast du den Wagen genommen?«

»Ja. Er steht in der Nähe der Schleuse.«

Der Wein hatte Lapointes Wangen leicht gerötet, und seine Augen glänzten ein bißchen. Von ihrem

Standort aus gewahrten sie am Kanalufer eine Gruppe Schaulustiger, die die Tätigkeiten des Tauchers verfolgten. Als Maigret und der Inspektor bei ihnen anlangten, deutete der Gehilfe Victors auf ein im Boot liegendes Paket, das größer als das erste war.

»Ein Bein und ein Fuß«, rief er, nachdem er ins Wasser gespuckt hatte.

Die Verpackung war weniger zerfleddert als beim vorigen Paket, und Maigret verspürte nicht das Bedürfnis, es genauer zu untersuchen.

»Glaubst du, daß es nötig ist, einen Lieferwagen kommen zu lassen?« fragte er Lapointe.

»Im Kofferraum ist genügend Platz.«

Das erschien ihnen beiden nicht verlockend, aber sie wollten auch nicht den Gerichtsarzt warten lassen, mit dem sie im Gerichtsmedizinischen Institut verabredet waren, einem modernen, hellen Gebäude am Seineufer, nicht weit von der Stelle, wo der Kanal in den Fluß mündet.

»Was soll ich machen?« fragte Lapointe.

Maigret zog es vor, nichts zu sagen, und so trug der Inspektor, seinen Widerwillen überwindend, die beiden Pakete nacheinander in den Kofferraum des Autos.

»Stinkt es?« erkundigte sich der Kommissar, als Lapointe ans Kanalufer zurückkehrte.

Und der Inspektor, der die Hände vom Körper abgespreizt hielt, rümpfte die Nase und nickte.

Dr. Paul, der einen weißen Kittel und Gummihandschuhe trug, rauchte eine Zigarette nach der anderen.

Er behauptete gern, der Tabak sei eines der sichersten Desinfektionsmittel, und im Verlauf einer Obduktion kam es vor, daß er seine zwei Päckchen »Blaue« rauchte.

Er arbeitete eifrig und sogar wohlgelaunt, und während er sich über den Marmortisch beugte, sagte er zwischen zwei Rauchwolken:

»Selbstverständlich ist alles, was ich Ihnen jetzt sagen kann, nichts Endgültiges. Erstens möchte ich gerne den Rest der Leiche sehen, der uns mehr verraten wird als ein Bein und ein Arm, und zweitens muß ich eine Reihe von Analysen vornehmen, ehe ich ein Urteil abgebe.«

»Wie alt?«

»Soweit sich das auf Anhieb beurteilen läßt, muß der Mann zwischen fünfzig und sechzig gewesen sein, eher fünfzig als sechzig. Schauen Sie sich mal diese Hand an.«

»Was soll ich daran sehen?«

»Es ist eine breite und kräftige Hand, die sicherlich manchmal schwere Arbeit verrichtet hat.«

»Eine Arbeiterhand?«

»Nein. Eher die eines Bauern. Dennoch möchte ich wetten, daß sie über Jahre hin kein schweres Werkzeug mehr gehalten hat. Der Mann war nicht sehr gepflegt, wie Sie an den Fingernägeln und insbesondere an den Fußnägeln erkennen können.«

»Ein Clochard?«

»Das glaube ich nicht. Ich betone noch einmal, daß ich den Rest abwarten möchte, sofern er gefunden wird, bevor ich mich dazu äußere.«

»Wie lange ist er schon tot?«

»Das ist wieder nur eine Hypothese. Verlassen Sie sich nicht darauf, denn vielleicht sage ich Ihnen heute abend oder morgen etwas anderes. Im Augenblick möchte ich wetten, daß es nicht mehr als drei Tage sind. Und ich wäre versucht zu behaupten: weniger.«

»Nicht in der letzten Nacht?«

»Nein. Aber möglicherweise die Nacht davor.«

Maigret und Lapointe rauchten ebenfalls und vermieden nach Möglichkeit, ihre Blicke auf den Marmortisch zu richten. Dr. Paul hingegen schien seine Arbeit Spaß zu machen, und er handhabte seine Instrumente mit den Gesten eines Taschenspielers.

Er schickte sich gerade an, seine Zivilkleidung wieder anzuziehen, als Maigret ans Telefon gerufen wurde. Es war Judel, unten am Quai de Valmy.

»Der Rumpf ist gefunden!« verkündete er mit einer gewissen Erregung.

»Nicht der Kopf?«

»Noch nicht. Victor behauptet, das sei schwieriger, wegen des Gewichts, das ihn vermutlich tiefer in den Schlamm gedrückt hat. Er hat auch eine leere Brieftasche und eine Damenhandtasche gefunden.«

»In der Nähe des Rumpfes?«

»Nein. Ziemlich weit davon. Es scheint da kein Zusammenhang zu bestehen. Wie er sagt, könnte er jedesmal, wenn er im Kanal taucht, soviel mit heraufbringen, daß er einen Stand auf dem Flohmarkt aufbauen könnte. Kurz bevor er den Rumpf gefunden hat, hat er ein Gitterbett und zwei Toiletteneimer herausgeholt.«

Dr. Paul verharrte mit abgespreizten Händen, um die Handschuhe nicht zu früh auszuziehen.

»Was Neues?« fragte er.

Maigret nickte. Dann zu Judel:

»Haben Sie eine Möglichkeit, ihn mir ins Gerichtsmedizinische Institut zu schicken?«

»Das läßt sich machen ...«

»Ich warte hier. Aber schnell, denn Dr. Paul ...«

Sie verbrachten die Zwischenzeit vor der Tür, wo die Luft frischer und angenehmer war und von wo aus sie das unaufhörliche Kommen und Gehen auf dem Pont d'Austerlitz beobachten konnten. Am anderen Seineufer luden Lastkähne und ein kleiner Dampfer ihre Ladungen vor den Magasins Généraux aus, und es lag an diesem Morgen etwas Junges, Aufheiterndes im Rhythmus von Paris, eine neue Jahreszeit begann, ein taufrischer Frühling, und die Leute waren optimistisch.

»Keine Tätowierungen, keine Narben?«

»Nicht an den Teilen, die ich untersucht habe. Es ist vielmehr die Haut eines Mannes, der wenig raus kommt.«

»Er scheint stark behaart zu sein.«

»Ja. Ich kann Ihnen nahezu den Typ beschreiben, dem er angehört. Braun, nicht sehr groß, eher klein, aber stämmig, mit hervorspringenden Muskeln, dunklem und dichtem Haarwuchs auf Armen, Händen, Beinen und der Brust. In Frankreich kommen solche Leute auf dem Lande häufig vor, kräftige, eigenwillige, dickköpfige Burschen. Ich bin gespannt darauf, seinen Kopf zu sehen.«

»Wenn er gefunden wird!«

Eine Viertelstunde später brachten ihnen zwei uniformierte Polizisten den Rumpf, und Dr. Paul rieb sich beinahe die Hände, als er auf den Marmortisch zuging wie ein Kunsttischler auf seine Werkbank.

»Das hier bestätigt mir, daß es nicht die Arbeit eines Profis ist«, brummelte er. »Ich will damit sagen, daß der Mann weder von einem Metzger noch von einem Spezialisten von La Villette zerlegt worden ist. Und noch weniger von einem Chirurgen! Für die Knochen hat man sich einer gewöhnlichen Metallsäge bedient. Für das übrige scheint man ein großes Vorschneidemesser benutzt zu haben, wie man sie in den Restaurants und in den meisten Küchen findet. Das dürfte Zeit gekostet haben. Man hat mehrmals angesetzt.«

Er machte eine Pause.

»Schauen Sie sich diese behaarte Brust an . . .«

Maigret und Lapointe warfen nur einen kurzen Blick hin.

»Keine auffällige Verletzung?«

»Ich sehe keine. Fest steht natürlich, daß der Tod nicht durch Ertrinken eingetreten ist.«

Das war beinahe komisch. Der Gedanke, daß ein Mann, den man zerstückelt in einem Kanal gefunden hat, darin ertrunken sein soll . . .

»Ich beschäftige mich jetzt mit den inneren Organen und vor allem, soweit das möglich ist, mit dem Mageninhalt. Bleiben Sie hier?«

Maigret schüttelte den Kopf. Das war kein Schauspiel, das er sonderlich schätzte, und er hatte es eilig, etwas zu trinken, diesmal keinen Wein, sondern einen starken Schnaps, um den schlechten Geschmack loszuwerden, den er im Mund verspürte und der ihm vorkam wie Leichengeruch.

»Einen Augenblick, Maigret ... Was habe ich Ihnen gesagt? ... Sehen Sie diesen helleren Strich und diese fahlen Pünktchen auf dem Bauch?«

Der Kommissar bejahte, schaute jedoch nicht hin.

»Der Strich stammt von einer Narbe, die eine Operation hinterlassen hat, die vor mehreren Jahren vorgenommen worden ist. Blinddarm.«

»Und die Pünktchen?«

»Das ist sehr merkwürdig. Ich kann nicht schwören, recht zu haben, aber ich bin mir fast sicher, daß es die Spuren von einer Schrotladung oder Rehposten sind. Das bestätigt, daß der Mann eine Zeitlang auf dem Lande als Bauer oder Jagdhüter gelebt hat. Genaueres kann ich nicht sagen. Er hat wahrscheinlich vor langer Zeit, vor zwanzig Jahren oder mehr, einen Flintenschuß abbekommen. Ich zähle sieben ... nein, acht Narben der gleichen Art, wie ein Regenbogen angeordnet. Ich habe das in meinem Leben nur ein einziges Mal gesehen, und da war es nicht so regelmäßig. Ich muß das unbedingt für mein Archiv fotografieren lassen.«

»Rufen Sie mich an?«

»Wo werden Sie sein? Am Quai des Orfèvres?«

»Ja. Im Büro, und wahrscheinlich werde ich an der Place Dauphine zu Mittag essen.«

»Ich rufe Sie an und sage Ihnen, was ich herausgefunden habe.«

Maigret wischte sich als erster draußen im Sonnenschein die Stirn ab, und Lapointe konnte nicht umhin, mehrmals auszuspucken, als habe auch er einen scharfen Geschmack im Mund.

»Ich werde den Kofferraum des Autos desinfizieren lassen, sobald wir am Quai sind«, verkündete er.

Bevor sie in den Wagen stiegen, gingen sie in ein Bistro und tranken einen Marc. Er war so stark, daß Lapointe übel wurde und er einen Augenblick die Hand vor den Mund hielt, große ängstliche Augen machte und sich fragte, ob er sich übergeben müsse.

Schließlich erholte er sich wieder und stammelte:

»Entschuldigen Sie bitte . . .«

Als sie hinausgingen, sagte der Wirt zu einem seiner Gäste:

»Wieder Leute, die eine Wasserleiche identifiziert haben. Die reagieren immer so.«

Da sein Lokal dem Gerichtsmedizinischen Institut genau gegenüberlag, kannte er das.

2

Der Flaschensiegellack

Als Maigret den langen Flur am Quai des Orfèvres betrat, tanzte für einen Augenblick ein Fünkchen Heiterkeit in seinen Augen, denn selbst dieser Flur, der graueste und trübste der Welt, wurde heute von der Sonne berührt, zumindest in Gestalt einer Art leuchtenden Staubs.

Zwischen den Bürotischen saßen Leute auf den Bänken ohne Rückenlehne und warteten, einige hatten Handschellen an den Gelenken. Er schritt auf das Arbeitszimmer des Chefs zu, um ihn über die Entdekkungen am Quai de Valmy zu unterrichten, als ein Mann aufstand und an seine Hutkrempe tippte.

Mit der Vertraulichkeit von Menschen, die sich seit Jahren täglich sehen, rief Maigret ihm zu:

»Na, Vicomte, was sagen Sie nun? Sie beschweren sich doch immer, daß nur öffentliche Mädchen in Stücke geschnitten werden . . .«

Der, den alle Welt den Vicomte nannte, errötete nicht, obwohl er die Anspielung wahrscheinlich verstanden hatte. Er war Päderast, wenn auch auf diskrete Art. Er besuchte den Quai des Orfèvres seit über fünfzehn Jahren für eine Pariser Zeitung, eine Presseagentur und an die zwanzig Provinzblätter.

Er war der letzte, der sich noch so kleidete, wie es zu Anfang des Jahrhunderts in den Boulevardstücken Mode war, und an einem breiten schwarzen Band hing ein Monokel an seiner Brust. Vielleicht hatte man ihm wegen dieses Monokels, dessen er sich fast nie bediente, seinen Spitznamen verliehen.

»Hat man den Kopf noch nicht rausgefischt?«

»Meines Wissens nicht.«

»Ich habe eben mit Judel telefoniert, und der sagt nein. Wenn Sie was Neues hören, Kommissar, vergessen Sie mich nicht.«

Er setzte sich wieder auf seine Bank, während Maigret zum Büro des Chefs ging. Dessen Fenster stand offen, und auch von hier aus sah man Lastkähne auf der Seine vorbeigleiten. Die beiden Männer sprachen gut zehn Minuten miteinander.

Als Maigret die Tür zu seinem eigenen Arbeitszimmer aufstieß, erwartete ihn eine Nachricht auf der Schreibunterlage, und er wußte sofort, von wem sie stammte. Es handelte sich, wie er erwartet hatte, um die Bitte des Richters Coméliau, ihn gleich nach seinem Eintreffen anzurufen.

»Hier Kommissar Maigret, Herr Richter.«

»Guten Tag, Maigret. Kommen Sie vom Kanal?«

»Aus dem Gerichtsmedizinischen Institut.«

»Ist Dr. Paul dort?«

»Er arbeitet gegenwärtig an den inneren Organen.«

»Ich nehme an, daß die Leiche bisher nicht identifiziert worden ist?«

»Damit ist kaum zu rechnen, solange der Kopf fehlt. Falls nicht ein glücklicher Zufall . . .«

»Genau darüber wollte ich mit Ihnen sprechen. Normalerweise, wenn die Identität des Opfers feststeht, weiß man mehr oder weniger, woran man ist. Können Sie mir folgen? In diesem Fall dagegen haben wir nicht die geringste Ahnung, mit wem wir es morgen, übermorgen oder in einer Stunde vielleicht zu tun haben. Alle Überraschungen, selbst die unangenehmsten, sind möglich, und wir müssen äußerste Vorsicht walten lassen.«

Coméliau betonte jede Silbe einzeln und hörte sich selber beim Sprechen zu. Alles, was er machte oder sagte, war von »äußerster« Wichtigkeit.

Die meisten Untersuchungsrichter nehmen einen Fall praktisch erst in die Hand, wenn die Polizei ihn geklärt hat. Coméliau hingegen bestand darauf, den Verlauf der Ermittlung von Anfang an zu leiten, und vielleicht rührte vor allem daher seine Angst vor Komplikationen. Sein Schwager war ein Politiker mit Zukunft, einer der wenigen Parlamentarier, denen man in fast allen Ministerien wiederbegegnet. Coméliau pflegte zu sagen:

»Sie werden verstehen, daß meine Situation seinetwegen viel heikler ist als die jedes anderen Richters.«

Maigret wurde ihn schließlich los, indem er ihm versprach, ihn jedesmal anzurufen, sobald er die geringste Neuigkeit erfahre, und sei es abends in seiner Privatwohnung. Er sah seine Post durch und ging ins Büro der Inspektoren, um einige von ihnen auf die verschiedenen laufenden Fälle anzusetzen.

»Heute ist doch Dienstag?«

»Ja, Chef.«

Wenn Dr. Paul sich in seinen ersten Mutmaßungen nicht geirrt und die Leiche ungefähr achtundvierzig Stunden im Kanal Saint-Martin gelegen hatte, mußte das Verbrechen am Sonntag verübt worden sein, vermutlich abends oder nachts, denn es war unwahrscheinlich, daß man die schändlichen Pakete am hellichten Tage und in der Nähe eines Polizeireviers ins Wasser geworfen hatte.

»Bist du's, Madame Maigret?« fragte er scherzhaft seine Frau, als er sie am Apparat hatte. »Ich kann nicht zum Essen kommen. Was hast du uns gekocht?«

Hammelfleisch mit Bohnen. Darum tat es ihm nicht leid, denn es war ein zu schweres Essen für einen Tag wie diesen.

Er rief Judel an.

»Nichts Neues?«

»Victor ist dabei, an Bord seines Bootes zu frühstücken. Er hat jetzt die ganze Leiche, bis auf den Kopf. Er fragt, ob er die Suche fortsetzen soll.«

»Selbstverständlich.«

»Meine Leute sind an der Arbeit, haben aber noch nichts Genaueres herausbekommen. Am Sonntagabend hat es in einer Bar in der Rue des Récollets eine Schlägerei gegeben. Nicht bei Popaul. Weiter unten, in der Nähe des Faubourg Saint-Martin. Eine Concierge jammert, weil ihr Mann verschwunden ist, aber er hat sich schon über einen Monat nicht zu Hause blicken lassen, und die Personenbeschreibung stimmt nicht überein.«

»Wahrscheinlich komme ich am Nachmittag mal da unten vorbei.«

Als er zum Mittagessen in die Brasserie Dauphine gehen wollte, stieß er die Tür zum Büro der Inspektoren auf.

»Kommst du, Lapointe?«

Er brauchte den jungen Inspektor durchaus nicht, um sich an den gewohnten Tisch in dem kleinen Restaurant an der Place Dauphine zu setzen. Das fiel ihm auf, als sie schweigend den Quai entlangmarschierten. Ein Lächeln huschte über seine Lippen, denn er erinnerte sich an eine Frage, die man ihm in diesem Zusammenhang gestellt hatte. Sein Freund Pardon war es, der Arzt aus der Rue Popincourt, bei dem er einmal im Monat mit seiner Frau zu Abend aß, der ihn nach einem dieser Essen ernsthaft gefragt hatte:

»Können Sie mir sagen, Maigret, warum Polizeibeamte in Zivil, genau wie die Klempner, immer zu zweit gehen?«

Das war ihm nie aufgefallen, und er mußte zugeben, daß es stimmte. Er selbst führte selten eine Ermittlung durch, ohne sich von einem seiner Inspektoren begleiten zu lassen.

Er hatte sich am Kopf gekratzt.

»Ich nehme an, der erste Grund rührt aus einer Zeit, da die Straßen von Paris unsicher waren und es besser war, zu zweit als allein zu sein, wenn man sich in gewisse Viertel wagte, vor allem nachts.«

In bestimmten Fällen galt das noch immer, bei einer Festnahme zum Beispiel oder wenn man sich in zweifelhafte Lokalitäten begab. Dennoch hatte Maigret weiter darüber nachgedacht.

»Es gibt einen zweiten Grund, der auch für die Verhöre am Quai des Orfèvres gilt. Wenn ein Polizist allein eine Aussage entgegennimmt, ist es stets möglich, daß der Verdächtige, der widerwillig ausgesagt hat, sein Geständnis später widerruft. Vor einem Gericht haben zwei Aussagen mehr Gewicht als eine.«

Das ließ sich hören, aber er war damit noch nicht zufrieden.

»Vom praktischen Gesichtspunkt aus ist es nahezu eine Notwendigkeit. Im Verlauf einer Verfolgung zum Beispiel will man vielleicht einmal telefonieren, ohne die Person, die man beschattet, aus den Augen zu lassen. Oder wenn sie in einem Haus verschwindet, das mehrere Ausgänge hat.«

Pardon, der ebenfalls lächelte, hatte eingewandt:

»Da mir mehrere Gründe geliefert werden, neige ich zu der Annahme, daß keiner an sich hinreichend ist.«

Worauf Maigret geantwortet hatte:

»In diesem Fall möchte ich für mich sprechen. Wenn ich mich fast immer von einem Inspektor begleiten lasse, dann nur deshalb, weil ich fürchte, mich alleine zu langweilen.«

Lapointe erzählte er diese Geschichte nicht, denn man darf sich vor den Jüngeren nie skeptisch zeigen, und Lapointe hatte noch das heilige Feuer. Das Mittagessen verlief angenehm, friedlich, mit anderen Inspektoren und Kommissaren, die sich an der Theke ablösten, und vier oder fünf, die im Speiseraum aßen.

»Glauben Sie, daß der Kopf in den Kanal geworfen worden ist und daß man ihn finden wird?«

Maigret überraschte sich dabei, daß er den Kopf schüttelte. In Wirklichkeit hatte er darüber noch nicht nachgedacht. Er hatte instinktiv geantwortet. Er hätte nicht zu sagen vermocht, warum er den Eindruck hatte, daß der Taucher Victor vergeblich im Schlamm des Kanals Saint-Martin herumwühlte.

»Was hätte man sonst mit ihm machen sollen?«

Er wußte es nicht. Ihn vielleicht in einem Koffer bei der Gepäckaufbewahrung der nahegelegenen Gare de l'Est zum Beispiel aufgeben oder bei der Gare du Nord, die nicht viel weiter entfernt liegt. Oder ihn mit einem dieser riesigen Schnelltransporter, die der Kommissar in einer der Nebenstraßen des Quai de Valmy hatte parken sehen, an eine beliebige Adresse in der Provinz schicken. Er hatte diese roten und grünen Lastwagen oft in der Stadt beobachtet, wenn sie auf die großen Ausfallstraßen zufuhren, und er hatte nie gewußt, wo ihr Standort war. Der lag also da unten, am Kanal, in der Rue Terrage. Am Morgen hatte er zu einer bestimmten Zeit mehr als zwanzig gezählt, die am Straßenrand parkten und alle die Aufschrift trugen: »Transportgesellschaft Zénith – Roulers & Langlois«.

Das ließ darauf schließen, daß er an nichts Besonderes dachte. Der Fall interessierte ihn, ohne ihn wirklich zu packen. Sein Interesse rührte vor allem daher, daß er seit längerer Zeit nicht in der Umgebung des Kanals gearbeitet hatte. Während seiner Anfänge war ihm jede der Straßen dieses Viertels vertraut gewesen, ebenso wie eine Vielzahl der Gestalten, die dort abends an den Häusern entlangstrichen.

Sie saßen noch und tranken ihren Kaffee, als Maigret ans Telefon gerufen wurde. Es war Judel.

»Ich weiß nicht, ob es recht war, Sie zu stören, Chef. Man kann bisher eigentlich nicht von einer Spur sprechen. Einer meiner Leute, Blancpain, den ich in der Nähe des Tauchers eingesetzt hatte, ist vor etwa einer Stunde auf einen jungen Mann mit einem Lieferdreirad aufmerksam geworden. Er hatte den Eindruck, ihn schon am Morgen gesehen zu haben, dann eine halbe Stunde später und so weiter, immer wieder, den ganzen Vormittag. Andere Neugierige sind eine Zeitlang auf dem Quai stehen geblieben, aber der, so sagt Blancpain, hat sich abseits gehalten, schien jedoch stärker interessiert als die übrigen. Normalerweise hat ein Botenjunge mit Dreirad eine Runde zu machen und keine Zeit zu verlieren.«

»Hat Blancpain ihn angesprochen?«

»Das hatte er vor, er ist so zwanglos wie möglich auf ihn zugegangen, um ihn nicht wegzuscheuchen. Er hatte erst ein paar Meter zurückgelegt, als der junge Mann mit allen Anzeichen der Angst auf sein Rad gesprungen ist und sich in wildem Tempo in Richtung Rue des Récollets davongemacht hat. Blancpain hatte keinen Wagen, kein Verkehrsmittel zur Verfügung. Er hat vergeblich versucht, den Flüchtling einzuholen, während sich die Passanten nach ihm umdrehten und das Dreirad sich im Verkehr auf dem Faubourg Saint-Martin verlor.«

Die beiden Männer schwiegen. Das war natürlich eine vage Angabe. Es konnte ebensogut nichts bedeuten wie einen Ausgangspunkt liefern.

»Hat Blancpain beschrieben, wie er aussieht?«

»Ja. Es handelt sich um einen achtzehn- bis zwanzigjährigen jungen Burschen, der den Eindruck erweckt, vom Lande zu stammen, denn sein Gesicht hat noch eine sehr gesunde Farbe. Er ist blond, hat ziemlich lange Haare und trägt eine Lederjacke über einem Rollkragenpullover. Blancpain hat die Aufschrift auf dem Dreirad nicht lesen können. Ein Wort, das auf ›ail‹ endete. Wir sind dabei, die Liste der Geschäftsleute des Viertels daraufhin zu überprüfen, bei wem ein Botenjunge mit Dreirad beschäftigt sein kann.«

»Was sagt Victor?«

»Daß es ihm, solange er dafür bezahlt wird, gleichgültig sei, ob er unter Wasser ist oder draußen, aber er ist überzeugt davon, daß er seine Zeit verliert.«

»Nichts auf dem unbebauten Gelände?«

»Bisher nicht.«

»Ich hoffe, aufgrund des ärztlichen Gutachtens in Kürze einige Einzelheiten über den Toten zu erhalten.«

Er bekam sie telefonisch gegen halb drei in seinem Büro. Dr. Paul wollte ihm später seinen offiziellen Bericht schicken.

»Machen Sie sich Notizen, Maigret?«

Der Kommissar zog einen Block Papier heran.

»Es sind nur Mutmaßungen, aber sie kommen der Wahrheit vermutlich recht nahe. Zunächst also die Personenbeschreibung, soweit sie sich ohne den Kopf geben läßt. Er ist nicht groß; etwa ein Meter siebenundsechzig. Der Hals ist kurz, dick, und ich habe Grund zu der Annahme, daß das Gesicht breit ist, mit einem kräftigen Kiefer. Dunkle Haare, vielleicht ein paar weiße in der Schläfengegend, aber nicht viele. Gewicht: vierundsiebzig Kilo. Das Äußere dürfte dem eines untersetzten Mannes entsprechen, der eher stämmig als rundlich ist, mehr muskulös als fett, obwohl er zum Dickwerden neigte. Die Leber läßt auf einen soliden Trinker schließen, aber ich glaube nicht, daß man es mit einem Säufer zu tun hat. Eher mit einem von denen, die jede Stunde oder halbe Stunde ein Glas trinken, vor allem Weißwein. Ich habe übrigens Spuren von Weißwein im Magen gefunden.«

»Auch Speisereste?«

»Ja. Wir haben das Glück, daß es sich um schwer verdauliche Speisen handelt. Sein letztes Mittag- oder Abendessen hat in der Hauptsache aus Schweinebraten und grünen Bohnen bestanden.«

»Lange vor seinem Tod?«

»Ich meine, zwei bis zweieinhalb Stunden. Ich habe entnommen, was sich unter den Finger- und Zehennägeln angesammelt hatte, und es ins Labor geschickt. Moers wird Ihnen selbst den Befund mitteilen.«

»Die Narben?«

»An meiner Meinung von heute morgen hat sich nichts geändert. Die Blinddarmoperation ist vor fünf oder sechs Jahren vorgenommen worden, und zwar von einem guten Chirurgen, wie ich aus der Qualität der Arbeit schließe. Die Spuren der Schrotkugeln sind mindestens zwanzig Jahre alt, und ich bin versucht, diese Ziffer zu verdoppeln.«

»Alter?«

»Fünfzig bis fünfundfünfzig Jahre.«

»Er hätte die Schrotladung also abbekommen, als er noch ein Kind war?«

»Meiner Ansicht nach, ja. Allgemeiner Gesundheitszustand befriedigend, bis auf die Leberschwellung, die ich angedeutet habe. Herz und Lungen in gutem Zustand. Der rechte Lungenflügel weist die Vernarbung einer sehr alten, bedeutungslosen Tuberkulose auf, denn es kommt häufig vor, daß Kinder oder Säuglinge eine leichte Tuberkulose durchmachen, ohne daß man es merkt. Und wenn Sie jetzt noch mehr wissen wollen, Maigret, bringen Sie mir den Kopf, und ich werde mein möglichstes tun.«

»Den hat man bisher nicht gefunden.«

»Dann wird man ihn auch nicht finden.«

Er bestärkte Maigret in seiner Meinung. Es gibt nun einmal am Quai des Orfèvres eine Reihe von Vermutungen, die man schließlich zu Axiomen erhoben hat. So zum Beispiel die Tatsache, daß es fast ausnahmslos billige Prostituierte sind, die zerstückelt werden. Desgleichen das Faktum, daß eine gewisse Anzahl von Leichenteilen gefunden wird, aber seltener der Kopf.

Man versucht das nicht zu erklären, doch jeder glaubt daran.

»Wenn mich jemand anruft«, sagte er im Vorbeigehen im Büro der Inspektoren, »ich bin oben im Labor.«

Er stieg langsam zum Dachgeschoß des Justizpalasts hinauf, wo er Moers über Reagenzgläser gebeugt antraf.

»Arbeitest du an ›meiner‹ Leiche?« fragte er.

»Ich untersuche die Proben, die Dr. Paul uns geschickt hat.«

»Hast du Ergebnisse?«

Auch andere Spezialisten arbeiteten in dem riesigen Saal, in dem man in einer Ecke die Gliederpuppe stehen sah, die für Rekonstruktionen benutzt wurde, wenn man sich beispielsweise vergewissern wollte, daß ein Messerstich nur in dieser oder jener Stellung versetzt worden sein kann.

»Ich habe den Eindruck«, murmelte Moers, der immer halblaut wie in einer Kirche sprach, »daß Ihr Mann selten ausgegangen ist.«

»Warum?«

»Ich habe die Stoffe untersucht, die von seinen Zehennägeln stammen. So kann ich Ihnen sagen, daß die letzten Socken, die er getragen hat, aus marineblauer Wolle waren. Ich habe auch Spuren des Filzes entdeckt, aus dem man die sogenannten Charenteser Pantoffeln herstellt. Daraus schließe ich, daß der Mann viel in Pantoffeln herumgelaufen sein muß.«

»Wenn das stimmt, müßte Paul es uns bestätigen können, denn wenn man jahrelang in Pantoffeln herumläuft, führt das zu Verformungen des Fußes, soweit ich meiner Frau glauben darf, die mir unablässig wiederholt...«

Er vollendete den Satz nicht, sondern versuchte, Dr. Paul im Gerichtsmedizinischen Institut anzurufen, das er jedoch verlassen hatte; schließlich gelang es ihm, ihn in seiner Privatwohnung zu erreichen.

»Hier Maigret. Eine Frage, Doktor, auf die mich eine Bemerkung von Moers gebracht hat. Haben Sie den Eindruck, daß unser Mann häufiger Pantoffeln als Schuhe getragen hat?«

»Übermitteln Sie Moers mein Kompliment. Ich hätte es vorhin beinahe erwähnt, habe aber gedacht, es sei zu vage und ich könnte Sie auf eine falsche Fährte lenken. Als ich die Füße untersuchte, kam mir der Gedanke, wir könnten es vielleicht mit einem Kellner zu tun haben. Bei denen, wie bei Empfangschefs in Hotels und ... Polizeibeamten, vor allem bei Verkehrspolizisten, neigt die Fußsohle dazu, sich zu senken, nicht als Folge des Gehens, sondern ihres ständigen Stehens.«

»Sie haben mir gesagt, die Fingernägel seien ungepflegt gewesen.«

»Das stimmt. Ein Oberkellner hätte wahrscheinlich keine Trauerränder gehabt.«

»Ebensowenig ein Kellner in einer großen Brasserie oder in einem gutbürgerlichen Café.«

»Hat Moers nichts weiter herausgefunden?«

»Bis jetzt nicht. Besten Dank, Doktor.«

Maigret strich noch fast eine Stunde im Labor herum, sah dem einen und dem anderen über die Schulter.

»Interessiert es Sie, daß er unter den Nägeln auch mit Salpeter gemischte Erde hatte?«

Moers wußte ebensogut wie Maigret, wo ein solches Gemisch am häufigsten zu finden ist: In einem Keller, zumal wenn er feucht ist.

»Ist es wenig? Viel?«

»Das ist das Auffällige. Der Mann scheint sich nicht nur bei einer Gelegenheit so beschmutzt zu haben.«

»Mit anderen Worten, er pflegte oft in den Keller zu gehen.«

»Das ist lediglich eine Hypothese.«

»Und die Hände?«

»Ich habe unter den Fingernägeln eine ähnliche Materie entdeckt, allerdings mit anderen vermischt, mit winzigen Splittern von rotem Siegellack.«

»Wie der, mit dem Weinflaschen versiegelt werden?«

»Ja.«

Maigret war nahezu enttäuscht, denn das ging allzu leicht.

»Kurz, ein Gastwirt!« brummte er.

Und er fragte sich in diesem Augenblick, ob der Fall nicht schon am selben Abend abgeschlossen sein würde. Das Gesicht der brünetten, hageren Frau trat ihm vor Augen, die ihnen am Vormittag Wein eingeschenkt hatte. Sie war ihm aufgefallen, und er hatte im Laufe des Tages zwei- oder dreimal an sie denken müssen, nicht eigentlich in Verbindung mit dem zerstückelten Mann, sondern weil sie ein ungewöhnlicher Mensch war.

An auffälligen Gestalten fehlt es in einem Viertel wie am Quai de Valmy nicht. Aber selten war er dieser Art passiven Widerstands begegnet, den er bei dieser Frau festgestellt hatte. Das war schwer zu erklären. Die meisten Leute, die einen ansehen, tauschen mit einem etwas aus, so wenig es auch sein möge. Es stellt sich ein Kontakt her, selbst wenn dieser Kontakt aus einer Art Herausforderung besteht.

Bei ihr war dagegen nichts geschehen. Sie hatte sich

dem Schanktisch genähert, ohne Verwunderung, ohne Furcht zu zeigen und ohne daß sich von ihren Zügen außer dieser Müdigkeit, die sie nie zu verlassen schien, irgend etwas ablesen ließ.

Es sei denn, daß es sich um Gleichgültigkeit handelte.

Zwei- oder dreimal hatte Maigret, während er sein Glas Wein trank, ihr in die Augen gesehen, und er hatte nichts entdeckt, keine Regung hervorgerufen, keinerlei Reaktion.

Doch es war nicht die Passivität einer unintelligenten Frau. Sie war auch nicht betrunken oder unter Rauschgifteinfluß, jedenfalls in dem Moment nicht. Schon am Morgen hatte er sich vorgenommen, sie noch einmal aufzusuchen, und sei es nur, um sich zu überzeugen, welche Art von Gästen das Lokal besuchte.

»Haben Sie eine Idee, Chef?«

»Vielleicht.«

»Sie sagen das, als ob Ihnen das gegen den Strich ginge.«

Maigret zog es vor, sich nicht weiter darauf einzulassen. Um vier Uhr fragte er Lapointe, der mit Büroarbeit beschäftigt war:

»Fährst du mich hin?«

»Zum Kanal?«

»Ja.«

»Hoffentlich ist der Wagen inzwischen desinfiziert worden.«

Die Frauen trugen bereits helle Hüte, und in dieser Saison herrschte Rot vor, ein leuchtendes Mohnrot.

Man hatte die orangefarbenen oder gestreiften Markisen über den Caféterrassen herabgelassen, wo fast alle Tischchen besetzt waren, und die Passanten schritten heiterer einher als eine Woche zuvor.

Am Quai de Valmy stiegen sie in der Nähe der Menschenansammlung aus dem Auto, die die Stelle anzeigte, wo Victor noch immer den Kanalschlick durchwühlte. Judel war da.

»Nichts?«

»Nein.«

»Auch keine Kleidungsstücke?«

»Wir haben uns mit dem Bindfaden befaßt. Wenn Sie es für nützlich halten, schicke ich Proben davon ins Labor. Auf den ersten Blick ist es gewöhnlicher dicker Bindfaden, wie ihn die meisten Händler benutzen. Es war eine ganze Menge erforderlich, um die verschiedenen Pakete zu schnüren. Ich habe jemanden beauftragt, die Haushaltswarenhändler hier in der Gegend zu befragen. Bisher ohne Ergebnis. Was die Zeitungen betrifft, deren Fetzen ich trocknen ließ, so stammen sie aus der vergangenen Woche.«

»Von wann ist die letzte?«

»Vom Samstagmorgen.«

»Kennen Sie das Bistro oberhalb der Rue Terrage, neben dem Labor für pharmazeutische Produkte?«

»Chez Calas?«

»Ich habe nicht auf den Namen über dem Eingang geachtet, ein kleiner, düsterer Raum, tiefer gelegen als der Bürgersteig, mit einem großen Kohlenofen in der Mitte und einem schwarzen Rohr, das sich fast durch die ganze Gaststube hinzieht.«

»Das ist es. Chez Omer Calas.«

Die Inspektoren dieses Viertels kannten sich in diesen Lokalitäten besser aus als die vom Quai des Orfèvres.

»Welche Art von Wirtschaft?« fragte Maigret und beobachtete die Luftblasen, die Victors Weg auf dem Grunde des Kanals anzeigten.

»Ruhig. Ich entsinne mich nicht, daß die je mit uns Ärger gehabt hätten.«

»Stammt Omer Calas vom Lande?«

»Wahrscheinlich. Ich könnte, um sicher zu gehen, im Register nachschlagen. Die meisten Kneipenbesitzer kommen als Diener oder Chauffeure nach Paris, heiraten die Köchin und machen sich schließlich selbständig.«

»Sind die schon lange da?«

»Sie waren bereits hier, als ich in dieses Viertel versetzt wurde. Ich habe das Lokal immer so gekannt, wie Sie es gesehen haben. Es liegt fast gegenüber vom Polizeirevier, und manchmal gehe ich über die Fußgängerbrücke und trinke dort ein Glas Weißwein. Ihr Weißwein ist gut.«

»Bedient gewöhnlich der Wirt?«

»Meistens. Bis auf einen Teil des Nachmittags, wenn er zum Billardspielen in einer Brasserie in der Rue La Fayette ist. Er ist ein leidenschaftlicher Billardspieler.«

»Steht seine Frau während seiner Abwesenheit an der Theke?«

»Ja. Sie haben weder Dienstmädchen noch Kellner. Ich glaube mich zu erinnern, daß sie eine Zeitlang ein kleines Servierfräulein hatten, aber ich weiß nicht, was aus der geworden ist.«

»Was für Gäste haben sie?«

»Das ist schwer zu sagen«, erwiderte Judel und kratzte sich im Nacken. »Die Bistros in diesem Viertel haben alle mehr oder weniger die gleiche Kundschaft. Und gleichzeitig hat jedes wieder andere Stammkunden. Chez Popaul zum Beispiel, an der Schleuse, da geht es von morgens bis abends laut zu. Da trinkt man harte Sachen, führt lärmende Unterhaltungen, und die Luft ist immer blau vom Rauch. Abends nach acht können Sie sicher sein, dort drei oder vier Frauen anzutreffen, die ihrerseits ihre festen Kunden haben.«

»Und bei Omer?«

»Erstens liegen die nicht so am Weg. Und dann ist es düsterer, trauriger dort. Es ist nicht freundlich, wie Sie bemerkt haben dürften. Morgens kommen die Arbeiter der umliegenden Baustellen, um einen Schluck zu trinken, und mittags sind da einige, die ihr Essen mitbringen und ein Schöppchen Weißwein dazu bestellen. Nachmittags ist es ruhiger wegen der ungünstigen Lage, wie ich schon sagte. Vermutlich hat Omer deswegen diesen Zeitpunkt gewählt, um Billard spielen zu gehen. Hin und wieder erscheint mal jemand. Zur Aperitifstunde wird es dann wieder lebhafter. Ich bin abends gelegentlich hinübergegangen. Jedesmal habe ich einen Tisch mit Kartenspielern gesehen, und ein oder zwei Männer standen an der Theke, mehr nicht. Das sind so Lokale, wo man den Eindruck hat, zu stören, wenn man nicht zu den Stammgästen gehört.«

»Ist Omer mit der Frau verheiratet?«

»Diese Frage habe ich mir nie gestellt. Das läßt sich leicht feststellen. Wir können gleich mal zum Revier gehen und in den Registern nachschlagen.«

»Diese Information können Sie mir später geben. Omer Calas scheint verreist zu sein.«

»Ach, haben Sie das von ihr?«

»Ja.«

Der Lastkahn der Gebrüder Naud hatte zu dieser Stunde am Quai de l'Arsenal festgemacht, wo Kräne begonnen hatten, die Quadersteine auszuladen.

»Ich möchte, daß ihr mir eine Liste von allen Bistros der Umgebung aufstellt, besonders von denen, deren Besitzer oder Kellner seit Sonntag abwesend sind.«

»Glauben Sie, daß . . .?«

»Die Idee stammt von Moers. Vielleicht ist sie gut. Ich werde mich da mal umsehen.«

»Bei Calas?«

»Ja. Kommst du, Lapointe?«

»Soll ich Victor morgen wieder bestellen?«

»Ich denke, das hieße das Geld der Steuerzahler zum Fenster hinauswerfen. Wenn er heute nichts gefunden hat, dann gibt es da nichts mehr zu finden.«

»Der Meinung ist er auch.«

»Er soll abhauen, wenn er die Nase voll hat, und nicht vergessen, morgen seinen Bericht zu schicken.«

Als sie an der Rue Terrage vorbeikamen, warf Maigret einen Blick auf die Lastwagen, die vor einem riesigen Einfahrtstor parkten, über dem die Wörter prangten: »Roulers & Langlois«.

»Ich frage mich, wie viele sie davon haben . . .«, murmelte er laut denkend vor sich hin.

»Was?« erkundigte sich Lapointe.

»Lastwagen . . .«

»Sooft ich mit dem Auto aufs Land fahre, begegne ich welchen auf den Straßen, und sie sind verdammt schwer zu überholen.«

Die Schornsteine zeigten nicht mehr das gleiche Rosa wie am Morgen, sondern verfärbten sich unter den Strahlen der sinkenden Sonne ins Dunkelrote, und am Himmel ließen sich jetzt Spuren eines blassen Grüns erkennen, das gleiche oder fast das gleiche, wie es das Meer gegen Ende des Tages annimmt.

»Glauben Sie, Chef, daß eine Frau imstande gewesen wäre, eine solche Arbeit zu vollbringen?«

Er dachte an die hagere braunhaarige Frau, die sie am Morgen bedient hatte.

»Möglich. Ich weiß es nicht.«

Vielleicht fand auch Lapointe, daß alles nicht so einfach sein konnte. Wenn sich eine Ermittlung als kompliziert erweist und die Lösung des Problems unmöglich erscheint, werden alle am Quai, und Maigret als erster, mürrisch und ungeduldig. Wenn sich dagegen ein Fall, der anfangs schwierig ausgesehen hat, als einfach und banal herausstellt, können dieselben Inspektoren und derselbe Kommissar ihre Enttäuschung nicht verbergen.

Sie waren vor dem Bistro angelangt. Da der Raum eine niedrige Decke hatte, war er dunkler als die anderen, und man hatte bereits über der Theke eine Lampe angezündet.

Dieselbe Frau wie am Morgen, ebenso gekleidet, bediente zwei Gäste, die wie Angestellte aussahen, und zuckte keineswegs zusammen, als sie Maigret und seinen Begleiter erkannte.

»Was soll es sein?« fragte sie lediglich, ohne sich die Mühe zu machen, sie anzulächeln.

»Weißwein.«

Es standen drei oder vier Flaschen ohne Korken in der Zinkwanne hinter dem Schanktisch. Man mußte wohl von Zeit zu Zeit in den Keller hinabsteigen, um sie am Faß frisch zu füllen. Unmittelbar neben der Theke war der Fußboden nicht mit roten Fliesen ausgelegt, und man erblickte eine etwa einen Quadratmeter große Falltür, die den Zugang zum Keller verdeckte.

Maigret und Lapointe hatten sich nicht gesetzt. Aus der Unterhaltung der beiden Männer, die in ihrer Nähe standen, konnten sie entnehmen, daß sie keine Büroangestellten waren, sondern Krankenpfleger, die gleich ihren Nachtdienst im Saint-Louis-Krankenhaus auf der anderen Seite des Kanals antreten würden.

Einmal wandte sich der eine im vertraulichen Ton eines Stammgasts an die Wirtin:

»Wann kommt Omer denn wieder?«

»Sie wissen doch, daß er mir das nie sagt.«

Sie hatte ohne Verlegenheit gesprochen, mit derselben Gleichgültigkeit, mit der sie am Morgen mit Maigret geredet hatte.

Die rote Katze lag noch immer am Ofen, von dem sie sich nicht fortbewegt zu haben schien.

»Sie scheinen nach dem Kopf zu suchen«, sagte derjenige, der die Frage gestellt hatte.

Während er das äußerte, beugte er sich vor, um Maigret und seinen Begleiter zu beobachten. Vielleicht hatte er sie am Kanal gesehen? Vielleicht hatte er auch nur den Eindruck, daß sie Polizeibeamte seien?

»Man hat ihn nicht gefunden, wie?« fuhr er fort, wobei er sich direkt an Maigret wandte.

»Noch nicht.«

»Haben Sie Hoffnung, daß er gefunden wird?«

Der andere musterte das Gesicht des Kommissars und meinte schließlich:

»Sind Sie nicht der Kommissar Maigret?«

»Ja.«

»Dachte ich mir doch. Ich habe Ihr Bild oft in den Zeitungen gesehen.«

Die Frau hatte wieder nicht mit der Wimper gezuckt, schien gar nicht zugehört zu haben.

»Komisch, daß diesmal ein Mann zerstückelt worden ist! Kommst du, Julien? Was bin ich Ihnen schuldig, Madame Calas?«

Sie gingen und nickten Maigret und Lapointe flüchtig zu.

»Haben Sie viele Kunden unter dem Personal des Krankenhauses?«

Sie antwortete nur:

»Einige.«

»Ihr Mann ist am Sonntagabend weggefahren?«

Sie sah ihn mit ausdruckslosen Augen an und erwiderte mit derselben gleichgültigen Stimme:

»Warum Sonntag?«

»Ich weiß nicht. Ich glaubte, gehört zu haben ...«

»Er ist am Freitagnachmittag abgereist.«

»Waren viele Gäste im Lokal, als er das Haus verließ?«

Sie schien nachzudenken. Sie kam ihm derart geistesabwesend vor oder so gleichgültig, daß man hätte sagen können, sie sehe nahezu wie eine Schlafwandlerin aus.

»Nachmittags ist nie viel Betrieb.«

»Erinnern Sie sich an niemanden?«

»Vielleicht ist jemand hiergewesen. Ich weiß nicht mehr. Ich habe nicht darauf geachtet.«

»Hat er Gepäck mitgenommen?«

»Natürlich.«

»Viel?«

»Seinen Koffer.«

»Wie war er gekleidet?«

»Er trug einen grauen Anzug. Ich glaube. Ja.«

»Wissen Sie, wo er im Augenblick ist?«

»Nein.«

»Wissen Sie nicht, wohin er gefahren ist?«

»Ich weiß, daß er den Zug nach Poitiers nehmen mußte und von dort den Bus nach Saint-Aubin oder nach einem anderen Dorf in der Gegend.«

»Steigt er in einem Gasthof ab?«

»Für gewöhnlich.«

»Übernachtet er nicht manchmal bei Freunden oder Verwandten? Oder bei den Winzern, die ihn mit Wein beliefern?«

»Ich habe ihn nicht danach gefragt.«

»So daß Sie ihn nicht erreichen können, wenn Sie ihn einmal etwas Wichtiges fragen müssen oder wenn Sie zum Beispiel krank werden?«

Der Gedanke überraschte sie nicht, er erschreckte sie auch nicht.

»Er kommt immer bald wieder«, antwortete sie mit ihrer monotonen und klanglosen Stimme. »Nochmal das gleiche?«

Die beiden Gläser waren leer, und sie füllte sie wieder.

3

Der junge Mann mit dem Lieferdreirad

Alles in allem war dies eines der enttäuschendsten Verhöre, die Maigret je geführt hatte. Übrigens war es kein Verhör im eigentlichen Sinne, da das Leben in dem kleinen Lokal unterdessen seinen Fortgang nahm. Der Kommissar und Lapointe blieben lange an der Theke stehen und tranken ihr Glas wie andere Gäste auch. Denn als Gäste waren sie ja da. Wenn einer der Krankenpfleger vorhin Maigret erkannt und laut seinen Namen ausgesprochen hatte, so hatte der Kommissar keinerlei Anspielung auf seine amtliche Tätigkeit gemacht, als er das Gespräch mit Madame Calas eröffnete. Er unterhielt sich mit ihr bruchstückweise, mit langen Pausen dazwischen, und wenn er keine Fragen stellte, vermied sie es, sich mit ihm zu befassen.

Eine Weile ließ sie die beiden allein in der Gaststube, während sie durch eine Hintertür verschwand, die sie angelehnt ließ. Dort mußte die Küche sein. Sie setzte etwas aufs Feuer. Ein kleiner Alter kam unterdessen herein, ging wie ein Stammgast geradewegs auf einen Ecktisch zu und holte sich eine Schachtel mit Dominosteinen aus einem Wandfach.

Sie vernahm aus dem Hintergrund, wie die Steine

auf den Tisch prasselten, als wolle er anfangen, für sich allein zu spielen. Ohne ihn zu begrüßen, kehrte sie zu ihren Flaschen zurück, goß einen hellroten Aperitif in ein Glas und stellte es vor dem Gast hin.

Dieser wartete, und es waren erst ein paar Minuten vergangen, als ein zweiter kleiner Alter, der sein Bruder hätte sein können, so ähnlich waren sich beide vom Typ her, hereinkam und sich ihm gegenübersetzte.

»Komm ich zu spät?«

»Nein. Ich war zu früh.«

Madame Calas schenkte ein Glas von einem anderen Aperitif ein, und all das vollzog sich stumm, wie eine Pantomime. Im Vorbeigehen drehte sie an einem Schalter, und hinten im Raum wurde eine zweite Lampe hell.

»Beunruhigt sie Sie nicht?« flüsterte Lapointe Maigret ins Ohr.

Was der Kommissar empfand, war jedoch nicht Beunruhigung, sondern ein Interesse, wie er es schon lange keinem menschlichen Wesen mehr entgegengebracht hatte.

Hatte er sich nicht, als er noch jung war und von der Zukunft träumte, einen idealen Beruf ausgemalt, den es im wirklichen Leben leider nicht gibt? Er hatte es niemandem gesagt, hatte es nie laut ausgesprochen, nicht einmal, wenn er allein war: er hatte ein »Flicker von Schicksalen« werden wollen.

Merkwürdigerweise war es ihm übrigens während seiner Laufbahn als Polizist ziemlich häufig passiert, daß er Menschen, die die Zufälle des Lebens auf eine schiefe Bahn gelenkt hatten, auf ihren richtigen Platz zurückführen konnte. Und noch merkwürdiger war, daß sich im Laufe der letzten Jahre ein Berufszweig herausgebildet hatte, der in etwa dem ähnelte, den er sich vorgestellt hatte: der des Psychoanalytikers, der bemüht ist, dem Menschen seine wahre Persönlichkeit zu enthüllen.

Wenn nun aber jemand offensichtlich nicht auf seinem Platz war, dann diese Frau, die schweigend kam und ging, ohne daß man etwas von ihrem Denken und Fühlen erraten konnte.

Gewiß, eines ihrer Geheimnisse, wenn man von Geheimnis sprechen konnte, hatte er bereits entdeckt, denn offenbar waren alle Gäste des Bistros im Bilde. Zwei weitere Male war sie in den Hinterraum gegangen, und beim zweitenmal hatte der Kommissar deutlich das Quietschen eines Korkens in einem Flaschenhals gehört.

Sie trank. Er hätte geschworen, daß sie nie betrunken war, niemals die Kontrolle über sich selbst verlor. Wie die wahren Trinker, bei denen die Ärzte nichts ausrichten können, kannte sie ihr Maß und hielt sich in einem ganz bestimmten Zustand, in einer Art schlafwandlerischen Gleichgültigkeit, der beim ersten Anblick betroffen machte.

»Wie alt sind Sie?« fragte er sie, als sie ihren Platz hinter der Theke wieder einnahm.

»Einundvierzig.«

Sie hatte nicht gezögert. Sie hatte ohne Koketterie oder Bitterkeit geantwortet. Sie wußte, daß sie älter aussah. Vermutlich lebte sie schon lange nicht mehr für andere Menschen und legte keinen Wert mehr auf deren Meinung. Ihr Gesicht war welk, mit tiefen Schatten unter den Augen, herabhängenden Mundwinkeln und frühen Falten unter dem Kinn. Sie mußte abgemagert sein, und ihr zu weites Kleid hing ihr lose am Körper.

»In Paris geboren?«

»Nein.«

Er war überzeugt, daß sie ahnte, was sich hinter seinen Fragen verbarg, doch sie versuchte nicht, ihnen auszuweichen, erwiderte aber auch kein Wort mehr als nötig.

Die beiden Alten hinter Maigret spielten ihre Partie Domino, wie sie es wahrscheinlich jeden Spätnachmittag taten.

Was dem Kommissar zu schaffen machte, war der Umstand, daß sie sich versteckte, wenn sie trank. Wozu, da sie sich doch um die Meinung der Leute nicht scherte? Warum ging sie in den hinteren Raum und nahm einen Schluck Schnaps oder Wein aus der Flasche? Hatte sie sich in dieser Hinsicht eine gewisse Selbstachtung bewahrt? Das schien unwahrscheinlich. Wenn Trunksüchtige dieses Stadium erreicht haben, machen sie sich selten die Mühe, das zu verbergen, sofern sie nicht ihre Umgebung täuschen müssen.

War das die Antwort auf diese Frage? Es gab einen Ehemann, Omer Calas. Mußte man annehmen, daß er seine Frau am Trinken hinderte, zumindest vor den Augen der Gäste?

»Fährt Ihr Mann oft in die Gegend von Poitiers, um Wein einzukaufen?«

»Jedes Jahr.«

»Einmal?«

»Oder auch zweimal. Das kommt darauf an.«

»Worauf?«

»Wieviel Wein ausgeschenkt wird.«

»Fährt er immer freitags?«

»Ich habe nie darauf geachtet.«

»Hat er vorher gesagt, daß er diese Reise unternehmen wollte?«

»Wem?«

»Ihnen.«

»Er sagt mir nie, was er vorhat.«

»Vielleicht den Gästen oder Freunden?«

»Davon weiß ich nichts.«

»Waren die beiden auch letzten Freitag hier?«

»Nicht zu der Zeit, als Omer weggefahren ist. Sie kommen nie vor fünf.«

Maigret wandte sich Lapointe zu.

»Ruf doch mal bei der Gare Montparnasse an und laß dir sagen, wann nachmittags Züge nach Poitiers fahren. Wende dich an den Bahnhofskommissar.«

Maigret sprach leise, und wenn Madame Calas seine Lippen beobachtet hätte, so hätte sie erraten können, was er sagte, aber sie machte sich diese Mühe nicht.

». . . Bitte ihn, sich bei den Bahnbeamten zu erkundigen, insbesondere bei denen am Schalter. Gib ihm die Personenbeschreibung ihres Mannes . . .«

Die Telefonkabine befand sich nicht hinten in der Gaststube, wie es meistens der Fall ist, sondern neben dem Straßenfenster. Lapointe ließ sich eine Münze geben und ging auf die verglaste Tür zu. Es war inzwischen nahezu dunkel geworden, und ein bläulicher Dunst schwebte hinter den Scheiben. Maigret, der der Straße den Rücken zukehrte, fuhr herum, als er die hastenden Schritte des Inspektors vernahm. Er hatte den Eindruck, auf dem Bürgersteig einen davoneilenden Schatten zu sehen, ein junges Gesicht, das im Dämmerlicht blaß und verzerrt erschien.

Lapointe hatte den Knauf an der Tür herumgedreht und lief ebenfalls in Richtung La Villette davon. Er hatte sich nicht die Zeit genommen, die Tür hinter sich zu schließen, und so trat Maigret hinaus und pflanzte sich mitten auf dem Bürgersteig auf. In der Ferne konnte er nur undeutlich zwei Gestalten erkennen, die hintereinander davonrannten und verschwanden, doch er hörte noch geraume Zeit überstürzte Schritte auf dem Pflaster.

Lapointe hatte vermutlich gemeint, draußen hinter den Scheiben jemanden zu erkennen. Maigret, der so gut wie nichts gesehen hatte, glaubte hingegen, im Bilde zu sein. Der junge Mann, der davongelaufen war, ähnelte der Beschreibung des Burschen mit dem Lieferdreirad, der schon einmal, als der Taucher auf dem Kanalgrund arbeitete, vor einem Polizisten das Weite gesucht hatte.

»Kennen Sie ihn?« fragte er Madame Calas.

»Wen?«

Es war müßig, darauf zu beharren. Außerdem war es möglich, daß sie im entscheidenden Augenblick gar nicht zur Straße hingesehen hatte.

»Ist es immer so ruhig hier?«

»Das hängt davon ab.«

»Wovon?«

»Vom Tag. Von der Stunde.«

Als wolle sie ihr recht geben, ertönte eine Sirene, die den Feierabend für die Belegschaft einer nahen Fabrik verkündete, und wenige Minuten später erklang es wie eine Prozession auf dem Bürgersteig, die Tür ging auf und wieder zu, öffnete sich noch an die zehnmal, während sich Leute an die Tische setzten oder sich wie Maigret an die Theke stellten.

Bei vielen fragte die Wirtin gar nicht erst, was sie haben wollten, und stellte ihnen unaufgefordert das gewohnte Getränk hin.

»Ist Omer nicht da?«

»Nein.«

Sie fügte nicht hinzu:

»Er ist verreist.«

Oder: »Er ist am Freitag nach Poitiers gefahren.«

Sie beschränkte sich darauf, die Frage unmittelbar zu beantworten, ohne überflüssige Einzelheiten. Wo stammte sie her? Er sah sich außerstande, darüber auch nur eine Hypothese aufzustellen. Die Jahre hatten sie ausgelaugt, gleichsam eines Teils ihrer selbst entleert. Infolge des Alkohols lebte sie in einer Welt für sich und hatte lediglich nebensächliche Kontakte mit der Wirklichkeit.

»Wohnen Sie schon lange hier?«

»In Paris?«

»Nein. In diesem Haus.«

»Vierundzwanzig Jahre.«

»Hatte Ihr Mann das Lokal bereits, ehe er Sie kennenlernte?«

»Nein.«

Er rechnete im Kopf nach.

»Sie waren siebzehn, als Sie seine Bekanntschaft machten?«

»Ich habe ihn vorher gekannt.«

»Wie alt ist er jetzt?«

»Siebenundvierzig.«

Das stimmte nicht genau mit dem Alter überein, das Dr. Paul angegeben hatte, doch der Unterschied war nicht einmal so groß. Es geschah übrigens nicht aus Überzeugung, daß Maigret weiterhin seine Fragen stellte, sondern eher, um seine persönliche Neugier zu befriedigen. Wäre es nicht ein Wunder gewesen, wenn der Zufall ihm schon am ersten Tag die Identität der Leiche ohne Kopf zu ermitteln geholfen hätte, ohne daß er das Seine dazu beitragen mußte?

Man vernahm das Gemurmel der Gespräche, und der Zigarettenqualm begann über den Köpfen einen beweglichen dichten Schleier zu bilden. Gäste gingen. Andere kamen. Die beiden Dominospieler blieben so unbeirrbar, als wären sie allein auf der Welt.

»Haben Sie ein Foto von Ihrem Mann?«

»Nein.«

»Sie besitzen kein einziges Bild von ihm?«

»Nein.«

»Und von Ihnen?«

»Auch nicht. Nur das auf meinem Personalausweis.«

Es kommt in tausend Fällen höchstens einmal vor, wie Maigret aus Erfahrung wußte, daß Menschen kein Foto von sich besitzen.

»Sie bewohnen die obere Etage?«

Sie nickte. Das Haus war zweigeschossig, wie er von außen festgestellt hatte. Über dem Lokal und der Küche mußten zwei oder drei Zimmer liegen, wahrscheinlich zwei Zimmer und eine Toilette oder ein Abstellraum.

»Wie kommt man hinauf?«

»Über die Treppe in der Küche.«

Kurz darauf ging sie in die Küche und rührte mit einem Löffel in einer kochenden Flüssigkeit. Geräuschvoll wurde die Tür aufgerissen, und Maigret erblickte Lapointe, der mit geröteten Wangen, funkelnden Augen und ganz außer Atem einen jungen Mann vor sich herschob.

Der kleine Lapointe, wie er am Quai genannt wurde, und zwar nicht wegen seiner Körpergröße, sondern weil er der jüngste und neueste Mitarbeiter war, schien nie zuvor so stolz auf sich gewesen zu sein.

»Er hat mich ein gehöriges Stück laufen lassen«, sagte er lächelnd und streckte die Hand nach seinem Glas aus, das auf der Theke stehen geblieben war. »Zwei- oder dreimal habe ich geglaubt, er würde mir entwischen. Zum Glück bin ich auf dem Gymnasium der Beste im Fünfhundertmeterlauf gewesen.«

Auch der junge Mann war außer Atem und japste nach Luft.

»Ich habe nichts getan«, erklärte er zu Maigret gewandt.

»Dann hast du ja nichts zu befürchten.«

Er schaute Lapointe an.

»Hast du seine Personalien festgestellt?«

»Zur Vorsicht habe ich seine Kennkarte eingesteckt. Er fährt tatsächlich ein Lieferdreirad für die Firma Pincemail. Und er war es, der heute morgen am Quai gestanden hat und dann gemacht hat, daß er davonkam.«

»Warum?« fragte Maigret den Burschen.

Der zeigte die verstockte Miene junger Leute, die mit aller Gewalt als üble Subjekte gelten wollen.

»Willst du nicht antworten?«

»Ich habe nichts auszusagen.«

»Hast du unterwegs nichts aus ihm herausgeholt?« fragte er Lapointe.

»Wir waren zu sehr außer Atem, um viel reden zu können. Er heißt Antoine Cristin. Er ist achtzehn Jahre alt und wohnt mit seiner Mutter in der Rue du Faubourg Saint-Martin.«

Einige Gäste beobachteten sie, allerdings nicht übertrieben neugierig, denn in diesem Viertel war man es gewohnt, die Polizei auftauchen zu sehen.

»Was hast du draußen vor der Tür gemacht?«

»Nichts.«

»Er hatte das Gesicht an die Scheibe gedrückt«, erklärte Lapointe. »Sowie ich ihn sah, habe ich an das gedacht, was Judel uns gesagt hat, und bin hinausgestürzt.«

»Warum bist du weggelaufen, wenn du nichts ausgefressen hast?«

Er zögerte, überzeugte sich, daß wenigstens zwei ihrer Nebenmänner zuhörten, und sprach mit bebenden Lippen:

»Weil ich Polypen nicht leiden kann.«

»Aber du beobachtest sie durchs Fenster?«

»Das ist nicht verboten.«

»Woher wußtest du, daß wir hier sind?«

»Das wußte ich nicht.«

»Warum bist du dann gekommen?«

Er wurde rot, biß sich auf die dicken Lippen.

»Antworte!«

»Ich kam gerade vorbei.«

»Kennst du Omer?«

»Ich kenne niemanden.«

»Auch die Wirtin nicht?«

Sie stand wieder hinter dem Schanktisch und beobachtete sie, ohne daß man die geringste Furcht, die mindeste Besorgnis von ihrem Gesicht ablesen konnte. Wenn sie etwas zu verbergen hatte, dann war sie stärker als jeder Schuldige oder jeder Zeuge, dem Maigret je begegnet war.

»Du kennst sie nicht?«

»Vom Sehen.«

»Bist du nie hier reingegangen, um einen Schluck zu trinken?«

»Vielleicht.«

»Wo ist dein Dreirad?«

»Bei meinem Chef. Ich habe um fünf Feierabend.«

Maigret gab Lapointe einen Wink, den dieser verstand, denn es war eines der wenigen Zeichen, die unter Kriminalbeamten gebräuchlich waren. Der Inspektor ging in die Telefonkabine, rief aber nicht die Gare Montparnasse an, sondern das Polizeirevier, das fast gegenüber auf der anderen Seite des Kanals lag, und hatte schließlich Judel am Apparat.

»Der Bursche ist hier, bei Calas. Der Chef läßt ihn in ein paar Minuten laufen, möchte jedoch, daß sich jemand bereithält, um ihn zu beschatten. Nichts Neues?«

»Immer nur falsche Spuren oder Spuren, die zu nichts führen: Schlägereien am Sonntagabend in vier oder fünf Lokalen; jemand glaubt, gehört zu haben, wie ein Körper ins Wasser gefallen ist; eine Prostituierte, die behauptet, ein Araber habe ihr die Handtasche geklaut ...«

»Bis nachher.«

Maigret tat gleichgültig und blieb neben dem jungen Mann stehen.

»Was willst du trinken, Antoine? Wein? Bier?«

»Nichts.«

»Trinkst du nie?«

»Nicht mit Polypen. Sie müssen mich sowieso laufen lassen.«

»Du scheinst dir deiner Sache sicher zu sein.«

»Ich kenne das Gesetz.«

Er hatte starke Knochen, das gesunde feste Fleisch eines jungen Bauernburschen, den Paris noch nicht um seine Gesundheit gebracht hat. Wie oft hatte Maigret es erlebt, daß Jugendliche dieser Art eines Abends dazu gebracht wurden, eine Tabakverkäuferin oder eine alte Kurzwarenhändlerin um ein paar hundert Francs willen niederzuschlagen!

»Hast du Geschwister?«

»Ich bin Einzelkind.«

»Lebt dein Vater bei euch?«

»Er ist tot.«

»Geht deine Mutter arbeiten?«

»Sie ist Putzfrau.«

Und Maigret zu Lapointe:

»Gib ihm seinen Personalausweis zurück. Stimmt die Adresse?«

»Ja.«

Der Junge war sich noch nicht sicher, ob das nicht eine Falle war.

»Kann ich gehen?«

»Wenn du willst.«

Er sagte weder danke noch auf Wiedersehen, aber der Kommissar fing ein flüchtiges Zwinkern auf, das der Wirtin galt.

»Jetzt ruf mal beim Bahnhof an.«

Er bestellte zwei weitere Gläser Weißwein. Das Bistro hatte sich teilweise geleert. Außer ihm und Lapointe waren nur noch fünf Gäste da, einschließlich der Dominospieler.

»Sie kennen ihn vermutlich nicht?«

»Wen?«

»Den jungen Mann, der gerade gegangen ist.«

Sie zögerte nicht mit der Antwort.

»Doch!«

Das war so einfach, daß es Maigret entwaffnete.

»Kommt er oft?«

»Ziemlich oft.«

»Um was zu trinken?«

»Er trinkt kaum etwas.«

»Bier?«

»Und manchmal Wein.«

»Kommt er nach der Arbeit zu Ihnen?«

»Nein.«

»Tagsüber?«

Sie nickte, und ihre gleichbleibende Ruhe versetzte den Kommissar allmählich in Wut.

»Wenn er vorbeikommt.«

»Wollen Sie damit sagen, wenn ihn sein Weg mit dem Dreirad über den Quai führt? Mit anderen Worten, wenn er in dieses Viertel etwas zu liefern hat?«

»Ja.«

»Wann ist das im allgemeinen?«

»Um halb vier oder vier.«

»Fährt er immer die gleiche Strecke?«

»Ich glaube.«

»Er stellt sich an die Theke?«

»Oder setzt sich hin.«

»Wo?«

»An diesen Tisch. Neben mich.«

»Sie sind eng befreundet?«

»Ja.«

»Warum hat er das nicht zugegeben?«

»Sicher, um sich aufzuspielen.«

»Spielt er sich gerne auf?«

»Er versucht es.«

»Sie kennen seine Mutter?«

»Nein.«

»Stammen Sie aus demselben Dorf?«

»Nein.«

»Er ist eines schönen Tages hereingekommen, und Sie haben Bekanntschaft geschlossen?«

»Ja.«

»Geht Ihr Mann nicht für gewöhnlich um halb vier in eine Brasserie und spielt Billard?«

»Meistens.«

»Glauben Sie, daß Antoine absichtlich diesen Zeitpunkt wählt, um Sie zu besuchen?«

»Das habe ich mich nicht gefragt.«

Maigret war sich der offensichtlichen Ungeheuerlichkeit der Frage bewußt, die er jetzt stellen wollte, aber er glaubte noch viel unwirklichere Dinge um sich herum zu spüren.

»Macht er Ihnen den Hof?«

»Das hängt davon ab, was Sie darunter verstehen.«

»Ist er verliebt?«

»Ich glaube, er hat mich gern.«

»Machen Sie ihm Geschenke?«

»Ich stecke ihm manchmal einen Geldschein zu, den ich aus der Kasse nehme.«

»Weiß Ihr Mann das?«

»Nein.«

»Merkt er das nicht?«

»Das ist vorgekommen.«

»Ist er wütend geworden?«

»Ja.«

»Hat er Antoine nicht in Verdacht gehabt?«

»Den Eindruck habe ich nicht.«

Wenn man die zwei Stufen am Eingang hinabgestiegen war, gelangte man in eine Welt, in der völlig andere Wertbegriffe herrschten und wo selbst die Wörter einen anderen Sinn hatten. Lapointe war immer noch in der Telefonkabine und sprach mit der Gare Montparnasse.

»Sagen Sie, Madame Calas, darf ich eine sehr persönliche Frage an Sie richten?«

»Sie machen ja doch, was Sie wollen.«

»Ist Antoine Ihr Liebhaber?«

Sie zuckte nicht mit der Wimper. Ihr Blick wich nicht von Maigret.

»Gelegentlich«, gab sie zu.

»Wollen Sie damit sagen, daß Sie intime Beziehungen mit ihm gehabt haben?«

»Sie hätten es schließlich doch erfahren. Ich bin überzeugt, daß er über kurz oder lang reden wird.«

»Ist das oft vorgekommen?«

»Ziemlich.«

»Wo?«

Die Frage hatte ihre Bedeutung. Wenn Omer Calas nicht da war, mußte seine Frau bereit sein, die hereinkommenden Gäste zu bedienen. Maigret hatte einen Blick zur Decke geworfen. Konnte sie denn von ihrem Schlafzimmer in der ersten Etage aus hören, wenn die Tür geöffnet oder geschlossen wurde?

Mit gleichbleibender Unbefangenheit deutete sie mit den Augen auf die offene Küchentür hinten in der Gaststube.

»Da hinten?«

»Ja.«

»Sind Sie nie überrascht worden?«

»Nicht von Omer.«

»Von wem?«

»Einmal von einem Gast, der Kreppsohlen trug und in die Küche gekommen ist, als er hier niemanden sah.«

»Hat er nichts gesagt?«

»Er hat gelacht.«

»Hat er Omer nichts davon erzählt?«

»Nein.«

»Ist er wiedergekommen?«

Maigret hatte es geahnt. Bisher hatte er sich über Madame Calas nicht getäuscht, und seine kühnsten Hypothesen hatten sich als richtig erwiesen.

»Ist er oft wiedergekommen?« beharrte er.

»Zwei- oder dreimal.«

»Als Antoine hier war?«

»Nein.«

Man konnte leicht erkennen, ob der junge Mann im Lokal war, denn da es noch nicht fünf Uhr war, mußte er in diesem Fall sein Dreirad vor der Tür stehen lassen.

»Waren Sie allein?«

»Ja.«

»Sie haben ihn in die Küche begleiten müssen?«

Er hatte den Eindruck, als zucke in ihren Augen eine kaum wahrnehmbare Ironie auf. Irrte er sich? Ihm war, als habe sie in ihrer stummen Sprache gesagt:

»Wozu fragen Sie mich, Sie wissen ja doch Bescheid?«

Auch sie durchschaute den Kommissar. Es war, als wären sie beide gleich stark gewesen, oder genauer, als besäßen sie beide die gleiche Lebenserfahrung.

Das ging so schnell, daß Maigret eine Sekunde später geschworen hätte, er sei das Opfer seiner Einbildungskraft gewesen.

»Gab es noch viele andere?« fragte er leiser, gleichsam vertraulich.

»Ein paar.«

Dann stellte er, ohne sich zu rühren, ohne sich zu ihr hinüberzubeugen, eine letzte Frage:

»Warum?«

Und auf diese Frage konnte sie nur mit einer unbestimmten Geste antworten. Sie verfiel nicht in romantisches Gehabe, baute keinen Roman um sich auf.

Er hatte nach dem Warum gefragt, und wenn er es nicht verstand, so gab es für sie nichts zu erklären.

Übrigens begriff er. Er suchte nur nach einer Bestätigung, und sie brauchte nicht zu sprechen, um sie ihm zu geben.

Er wußte nun, wie weit sie sich herabgelassen hatte. Aber er wußte noch nicht, von wo sie ausgegangen war, um diesen Punkt zu erreichen. Würde sie mit der gleichen Aufrichtigkeit die Fragen nach ihrer Vergangenheit beantworten?

Er konnte es nicht gleich versuchen, denn Lapointe trat wieder zu ihm. Er trank einen Schluck Wein und begann:

»Es gibt tatsächlich einen Zug nach Poitiers, der wochentags um sechzehn Uhr achtundvierzig fährt. Der Bahnhofskommissar hat bereits zwei der Beamten befragt, die niemanden gesehen haben, auf den diese Beschreibung zutrifft. Er führt die Untersuchung weiter und wird Sie am Quai über das Ergebnis informieren. Seiner Meinung nach wäre es jedoch sicherer, in Poitiers anzurufen. Da der Zug auf der Strecke mehrmals hält und anschließend nach Süden weiterfährt, steigen dort weniger Reisende aus, als in Montparnasse eingestiegen sind.«

»Gib den Hinweis an Lucas weiter. Er soll in Saint-Aubin anrufen und in den umliegenden Dörfern. Irgendwo muß da eine Gendarmerie sein. Auch Gasthöfe befinden sich dort.«

Lapointe bat um weitere Telefonmünzen, und Madame Calas händigte sie ihm gleichgültig aus. Sie stellte keine Fragen, schien es natürlich zu finden, daß man kam und sie über die Reise ihres Mannes aushorchte. Sie war allerdings im Bilde über den im Kanal Saint-Martin gemachten Fund und über die Nachforschungen, die den ganzen Tag über fast vor ihren Fenstern durchgeführt worden waren.

»Haben Sie Antoine am letzten Freitag gesehen?«

»Er kommt freitags nie.«

»Warum nicht?«

»Weil er dann eine andere Tour fährt.«

»Aber nach fünf?«

»Da ist mein Mann fast immer zurück.«

»Er ist weder am Nachmittag noch im Laufe des Abends gekommen?«

»Genau.«

»Sie sind seit vierundzwanzig Jahren mit Omer Calas verheiratet?«

»Ich lebe seit vierundzwanzig Jahren mit ihm zusammen.«

»Sie sind nicht verheiratet?«

»Doch. Wir sind auf dem Standesamt des 10. Arrondissements getraut worden, aber erst vor sechzehn oder siebzehn Jahren. Ich müßte mal nachrechnen.«

»Sie haben keine Kinder?«

»Eine Tochter.«

»Wohnt sie hier?«

»Nein.«

»In Paris?«

»Ja.«

»Wie alt ist sie?«

»Sie ist gerade vierundzwanzig geworden. Ich habe sie mit siebzehn bekommen.«

»Sie ist Omers Tochter?«

»Ja.«

»Ohne jeden Zweifel?«

»Ohne Zweifel.«

»Ist sie verheiratet?«

»Nein.«

»Sie lebt allein?«

»Sie hat ein Zimmer auf der Ile Saint-Louis.«

»Arbeitet sie?«

»Sie ist Operationsschwester bei einem Chirurgen im Hôtel-Dieu, bei Professor Lavaud.«

Zum erstenmal sagte sie mehr, als unbedingt notwendig war. Hatte sie trotz allem ein paar menschliche Regungen bewahrt und war sie stolz auf ihre Tochter?

»Haben Sie sie am letzten Freitag gesehen?«

»Nein.«

»Kommt sie nie zu Besuch?«

»Manchmal.«

»Wann ist sie zum letztenmal hiergewesen?«

»Vor etwa drei Wochen, vielleicht vor einem Monat.«

»War Ihr Mann zu Hause?«

»Ich glaube.«

»Versteht sich Ihre Tochter gut mit ihm?«

»Sie pflegt mit uns so wenig Kontakt wie möglich.«

»Schämt sie sich?«

»Vielleicht.«

»Wie alt war sie, als sie aus dem Hause ging?«

Jetzt war eine leichte Röte in ihre Wangen gestiegen.

»Fünfzehn Jahre.«

Ihre Stimme klang trockener.

»Ohne Vorankündigung?«

Sie nickte.

»Mit einem Mann?«

Sie zuckte die Achseln.

»Ich weiß nicht. Das ändert auch nichts.«

Es waren jetzt nur noch die Dominospieler in der Gaststube, sie legten die Steine in die Schachtel zurück und klopften mit einem Geldstück auf den Tisch. Madame Calas verstand und schenkte ihre Gläser voll.

»Ist das nicht Maigret?« fragte einer von ihnen leise.

»Ja.«

»Was will er denn?«

»Das hat er mir nicht gesagt.«

Ebensowenig hatte sie ihn danach gefragt. Sie ging auf die Küche zu, kehrte zur Theke zurück, murmelte:

»Wenn Sie fertig sind, es wird Zeit für mich zum Essen.«

»Wo nehmen Sie Ihre Mahlzeiten ein?«

»Da!« sagte sie und deutete auf einen der Tische im Hintergrund.

»Es dauert nicht mehr lange. Hat Ihr Mann vor einigen Jahren eine Blinddarmentzündung gehabt?«

»Vor fünf oder sechs Jahren. Er ist operiert worden.«

»Von wem?«

»Der Name wird mir schon einfallen. Warten Sie. Von Dr. Gran . . . Granvalet. Ja, so hieß er. Er wohnte am Boulevard Voltaire.«

»Wohnt er nicht mehr dort?«

»Er ist tot. Das hat uns zumindest ein Gast erzählt, der sich auch von ihm hat operieren lassen.«

Wäre Granvalet noch am Leben gewesen, hätte man von ihm erfahren können, ob Omer Calas regenbogenförmig angeordnete Narben am Bauch trug. Man mußte am nächsten Tag seine Assistenten und die Krankenschwestern befragen. Vorausgesetzt natürlich, daß Omer nicht lebend in einem der Dörfer in der Gegend von Poitiers ausfindig gemacht wurde.

»Hat Ihr Mann früher mal, vor langen Jahren, eine Schrotladung abbekommen?«

»Nicht, seit ich ihn kenne.«

»Jäger war er wohl nicht?«

»Vielleicht ist er hin und wieder auf die Jagd gegangen, als er noch auf dem Lande lebte.«

»Sind Ihnen nie auf seinem Bauch schwache Narben aufgefallen, die einen Bogen bilden?«

Sie schien nachzudenken, runzelte die Stirn, schüttelte schließlich den Kopf.

»Sind Sie sicher?«

»Ich sehe ihn schon lange nicht mehr aus der Nähe an.«

»Haben Sie ihn geliebt?«

»Ich weiß nicht.«

»Wie lange ist er Ihr einziger Liebhaber gewesen?«

»Jahrelang.«

Sie hatte in dieses Wort einen eigentümlichen Klang gelegt.

»Waren Sie noch sehr jung, als Sie sich kennenlernten?«

»Wir stammen aus demselben Dorf.«

»Woher?«

»Aus einem Weiler auf halber Strecke zwischen Montargis und Gien. Er heißt Boissancourt.«

»Fahren Sie manchmal dorthin?«

»Nie.«

»Sie sind nie wieder da gewesen?«

»Nein.«

»Seit Sie mit Omer zusammenleben?«

»Ich war siebzehn, als ich weggegangen bin.«

»Sie waren schwanger?«

»Im sechsten Monat.«

»Haben die Leute das gewußt?«

»Ja.«

»Ihre Eltern auch?«

Mit der stets gleichen Arglosigkeit, die etwas Schlafwandlerisches hatte, ließ sie ein trockenes »Ja« vernehmen.

»Sie haben sie nicht wiedergesehen?«

»Nein.«

Lapointe, der die Weisungen an Lucas weitergegeben hatte, trat aus der Telefonkabine und wischte sich die Stirn ab.

»Was bin ich Ihnen schuldig?« fragte Maigret.

Sie stellte ihre erste Frage:

»Sie gehen?«

Und nun war er es, der mit einem einsilbigen Wort erwiderte:

»Ja.«

4

Der junge Mann auf dem Dach

Maigret hatte gezögert, die Pfeife aus der Tasche zu ziehen, was bei ihm nur selten vorkam, und als er es dann doch getan hatte, war seine Miene so unschuldig gewesen wie die eines Menschen, der beim Sprechen mechanisch seine Finger beschäftigt.

Gleich nach dem Rapport im Büro des Chefs, der nicht lange gedauert hatte, und nach einer Unterhaltung mit ihm am offenen Fenster war er durch die kleine Tür aus dem Bereich der Kriminalpolizei in den der Staatsanwaltschaft hinübergewechselt. Es war die Zeit, da fast alle Bänke im Flur der Untersuchungsrichter besetzt waren, denn soeben waren zwei Grüne Minnas im Hof des Justizpalasts eingetroffen. Von den Festgenommenen, die mit Handschellen an den Gelenken zwischen zwei Polizeibeamten dasaßen und warteten, kannte Maigret mehr als drei Viertel, und einige, die nichts gegen ihn zu haben schienen, grüßten ihn, als er vorbeikam.

Zwei- oder dreimal hatte Richter Coméliau am Abend zuvor in seinem Büro angerufen. Er war mager, nervös, hatte einen kleinen braunen Schnurrbart, der gefärbt sein mußte, und trat wie ein Kavallerieoffizier auf. Sein erster Satz hatte gelautet:

»Sagen Sie mir genau, wie weit Sie sind.«

Gehorsam war Maigret diesem Wunsch nachgekommen und hatte von Victors Funden auf dem Grund des Kanals Saint-Martin gesprochen, von dem unauffindbaren Kopf, und schon an dieser Stelle war er unterbrochen worden.

»Ich nehme an, der Taucher setzt heute seine Suche fort?«

»Ich hielt das nicht für notwendig.«

»Aber der Kopf dürfte doch nicht weit sein, wenn man den Rumpf und die Glieder im Kanal gefunden hat.«

Das war es, was die Arbeit mit ihm so schwierig machte. Er war nicht der einzige Untersuchungsrichter dieses Schlages, doch er war unbestritten der aggressivste. In gewisser Hinsicht war er nicht dumm. Ein Anwalt, der einst mit ihm sein juristisches Examen gemacht hatte, versicherte glaubwürdig, daß Coméliau einer der glänzendsten Studenten seines Jahrgangs gewesen sei.

Man mußte vielmehr annehmen, daß seine Intelligenz es ihm nicht erlaubte, sich bestimmten Wirklichkeiten anzupassen. Er gehörte einem festgefügten Milieu an, einem Großbürgertum mit strengen Grundsätzen, mit noch geheiligteren Tabus, und er konnte nicht anders, als alles nach diesen Grundsätzen und diesen Tabus zu beurteilen.

Geduldig erklärte der Kommissar:

»Zunächst, Herr Richter, kennt Victor den Kanal, wie Sie Ihr Büro kennen und ich meines kenne. Er hat mehr als zweihundertmal Meter für Meter den Grund abgeschritten. Er ist ein gewissenhafter Bursche. Wenn er sagt, daß der Kopf nicht da ist . . .«

»Mein Klempner ist ebenfalls ein Mann, der sein Handwerk versteht und für gewissenhaft gilt. Was ihn jedoch nicht hindert, wenn ich ihn kommen lasse, anfangs stets zu versichern, es sei unmöglich, daß etwas an der Wasserleitung nicht in Ordnung ist.«

»Es kommt selten vor, daß bei einer zerstückelten Leiche der Kopf an derselben Stelle gefunden wird wie der übrige Körper.«

Coméliau gab sich Mühe, das zu begreifen, und beobachtete Maigret mit seinen kleinen lebhaften Augen, während der Kommissar fortfuhr:

»Das ist erklärlich. So schwer es ist, einzelne Gliedmaßen zu identifizieren, insbesondere, wenn sie eine Zeitlang im Wasser gelegen haben, so leicht ist es andererseits, einen Kopf wiederzuerkennen. Da er weniger sperrig ist als ein Rumpf, ist es nur logisch, daß derjenige, der sich seiner entledigen will, sich die Mühe macht, es an anderer Stelle zu tun.«

»Nehmen wir an, es sei so.«

Ohne es merken zu lassen, hatte Maigret plötzlich seinen Tabaksbeutel in der linken Hand und wartete auf den Augenblick, da sein Gesprächspartner nicht acht gab, um sich seine Pfeife stopfen zu können.

Er sprach von Madame Calas, schilderte das Bistro am Quai de Valmy.

»Was hat Sie zu ihr geführt?«

»Der Zufall, wie ich gestehen muß. Ich mußte telefonieren. In einer anderen Bar befand sich der Apparat neben der Theke, so daß jeder mithören konnte.«

»Fahren Sie fort.«

Er erwähnte Omer Calas' Abreise, den Zug nach Poitiers, die Beziehungen der Wirtin zu Antoine Cristin, dem Jungen mit dem Lieferdreirad, ohne die halbmondförmigen Narben zu vergessen.

»Sie sagten, diese Frau behaupte, nicht zu wissen, ob ihr Mann diese Narben hat oder nicht. Und das glauben Sie ihr ohne weiteres?«

Das machte den Richter unwillig, ging über sein Verständnis hinaus.

»Offen gesagt, Maigret, es ist mir unbegreiflich, daß Sie diese Frau und diesen Jungen nicht mit in Ihr Büro genommen und einem der Verhöre unterzogen haben, die gewöhnlich Ihre Stärke sind. Ich nehme an, Sie glauben kein Wort von dem, was sie Ihnen erzählt hat.«

»Nicht unbedingt.«

»Zu behaupten, sie wisse nicht, wohin ihr Mann gefahren ist und wann er wiederkommt . . .«

Wie hätte ein Coméliau, der immer nur in seiner Wohnung am linken Ufer der Seine, gegenüber vom Jardin du Luxembourg, gelebt hat, wo er geboren ist, die geringste Vorstellung von der Mentalität der Calas' entwickeln können?

Immerhin, der Trick war geglückt: Ein Streichholz war aufgeflammt, und Maigrets Pfeife brannte. Coméliau, der Tabakrauch nicht ausstehen konnte, sah ihn starr an, wie jedesmal, wenn jemand die Vermessenheit besaß, in seinem Arbeitszimmer zu rauchen, doch der Kommissar war fest entschlossen, seine Unschuldsmiene beizubehalten.

»Es ist möglich«, räumte er ein, »daß alles nicht stimmt, was sie mir gesagt hat. Es kann aber auch sein, daß es der Wahrheit entspricht. Wir haben die Stücke einer Leiche ohne Kopf aus dem Kanal gefischt. Es kann sich um einen beliebigen Mann von fünfundvierzig oder fünfzig Jahren handeln. Bisher erlaubt uns nichts, ihn zu identifizieren. Wie viele Männer dieses Alters sind in den letzten Tagen verschwunden, und wie viele sind verreist, ohne ihr genaues Ziel anzugeben? Soll ich Madame Calas in mein Büro zitieren und als Verdächtige behandeln, weil sie heimlich trinkt, weil sie mit einem jungen Mann ein Verhältnis hat, der ein Lieferdreirad fährt und die Flucht ergreift, wenn die Polizei erscheint? Wie stehen wir da, wenn heute oder morgen irgendwo ein Kopf gefunden wird, der gar nicht der von Calas ist?«

»Lassen Sie ihr Haus überwachen?«

»Judel vom 10. Arrondissement hat einen Posten auf dem Quai aufgestellt. Ich bin gestern abend nach dem Essen noch einmal dort gewesen und habe mich umgeschaut.«

»Sie haben nichts Neues entdeckt?«

»Nichts Bestimmtes. Ich habe, wie ich sie auf der Straße traf, eine Reihe öffentlicher Mädchen befragt. Die Atmosphäre ist nachts in diesem Viertel anders als am hellen Tag. Ich wollte vor allem wissen, ob niemand am Freitagabend ein verdächtiges Kommen und Gehen in der Nähe des Lokals bemerkt oder etwas gehört hat.«

»Nichts?«

»Nicht viel. Ein Mädchen hat mir allerdings einen

Hinweis geliefert, den ich bisher nicht überprüfen konnte.

Nach ihrer Aussage hat Madame Calas einen weiteren Liebhaber, einen rothaarigen Mann mittleren Alters, der in dem Viertel zu wohnen oder zu arbeiten scheint. Das Mädchen, das mir das gesagt hat, ist allerdings gehässig, denn es behauptet, die Wirtin der kleinen Bar würde ihnen allen schaden.

›Wenn sie sich wenigstens bezahlen ließe‹, hat sie gemeint, ›würde man ja nichts sagen. Aber bei der kostet es nichts. Wenn die Männer es nötig haben, wissen sie, an wen sie sich wenden können. Sie brauchen nur zu warten, bis der Wirt den Rücken gekehrt hat. Ich bin natürlich nicht dabei gewesen, aber es wird behauptet, daß sie nie nein sagt.‹«

Bei der Erwähnung von soviel Verderbtheit seufzte Coméliau schmerzlich auf.

»Verfahren Sie, wie Sie wollen, Maigret. Für mich scheint der Fall klar zu sein. Und es handelt sich nicht um Leute, die man mit Glacéhandschuhen anfassen muß.«

»Ich werde sie bald wiedersehen. Ich werde auch zu ihrer Tochter gehen. Und schließlich hoffe ich, Auskünfte über die Identität der Leiche von den Krankenschwestern zu erhalten, die vor fünf Jahren bei der Operation von Calas assistiert haben.«

Es gab in diesem Zusammenhang einen merkwürdigen Umstand. Am Abend zuvor, als er das Viertel durchstreifte, war Maigret für einen Moment in das Bistro gegangen, wo Madame Calas halb im Schlaf auf einem Stuhl saß, während vier Männer Karten spielten. Er hatte sie gefragt, in welchem Krankenhaus ihrem Mann der Blinddarm herausgenommen worden sei.

Soweit man wußte, war Calas eher ein abgehärteter Mann, von dem man sich nicht vorstellen konnte, daß er wehleidig, ängstlich auf seine Gesundheit bedacht und von der Furcht besessen sei, daß er sterben könnte. Er hatte lediglich eine häufige, unkomplizierte, gleichsam gefahrlose Operation auf sich zu nehmen.

Aber anstatt ins Krankenhaus zu gehen, hatte er eine beträchtliche Summe ausgegeben, um sich in einer Privatklinik in Villejuif operieren zu lassen. Und es war nicht nur eine Privatklinik, sie wurde sogar von Nonnen geleitet, die da als Krankenschwestern dienten.

Lapointe mußte nun dort sein und würde bald telefonisch Bericht erstatten.

»Nur keine Nachsicht, Maigret!« sagte Coméliau, als der Kommissar zur Tür ging.

Es handelte sich nicht um Nachsicht. Es war auch kein Mitleid, aber das konnte man jemandem wie Coméliau unmöglich klarmachen. Von einer Minute zur anderen hatte Maigret sich in eine Welt versetzt gefühlt, die so anders war als die Alltagswelt, daß er sich nur tastend vorwärtsbewegte. Hatten das kleine Lokal am Quai de Valmy und seine Inhaber etwas mit der Leiche zu tun, die in den Kanal Saint-Martin geworfen worden war? Möglich war es, aber es konnte auch sein, daß man vor einem zufälligen Zusammentreffen stand.

Er kehrte in sein Büro zurück und begann die mißmutige, mürrische Miene aufzusetzen, die er fast immer bei einem gewissen Stand der Ermittlung zeigte. Am Tag zuvor hatte er Entdeckungen gemacht und aufgespeichert, ohne sich zu fragen, wohin sie ihn führen würden. Jetzt sah er sich ein paar Brocken von Wahrheit gegenüber, von denen er nicht wußte, wie er sie miteinander verknüpfen sollte.

Madame Calas war für ihn nicht allein eine wunderliche Gestalt, wie er ihnen während seiner Laufbahn hin und wieder begegnet war, sie verkörperte in seinen Augen ein menschliches Problem.

Für Coméliau war sie eine schamlose Trinkerin, die mit jedem ins Bett ging.

Für ihn war sie etwas anderes, er wußte noch nicht genau, was, und solange er es nicht wußte, solange er nicht die Wahrheit »spürte«, blieb er eine Beute vagen Mißbehagens.

Lucas war in seinem Büro und legte Post auf die Schreibunterlage.

»Nichts Neues?«

»Waren Sie im Hause, Chef?«

»Bei Coméliau.«

»Hätte ich das gewußt, hätte ich das Gespräch zu Ihnen hinüberlegen lassen. Ja, es gibt etwas Neues. Judel ist vielleicht in Fahrt!«

Maigret dachte an Madame Calas und fragte sich, was ihr zugestoßen sein könnte, aber es handelte sich nicht um sie.

»Es geht um den jungen Burschen, um Antoine, wenn ich recht verstanden habe.«

»Ja, Antoine. Ist er wieder verschwunden?«

»Genau. Sie scheinen gestern abend angeordnet zu haben, daß ein Inspektor ihn beschattet. Der junge Mann ist direkt nach Hause gegangen, Faubourg Saint-Martin, fast an der Ecke der Rue Louis-Blanc. Der Inspektor, den Judel mit der Bewachung beauftragt hatte, hat die Concierge ausgefragt. Der Junge lebt mit seiner Mutter, die Putzfrau ist, im siebten Stock des Wohnhauses. Sie haben zwei Mansardenzimmer. Es gibt keinen Fahrstuhl. Ich berichte Ihnen diese Einzelheiten, wie Judel sie mir mitgeteilt hat. Das Haus scheint eine der gräßlichen Mietskasernen zu sein, in denen fünfzig oder sechzig Parteien zusammengepfercht sind und wo es auf den Treppen von Kindern nur so wimmelt.«

»Weiter.«

»Das ist ungefähr alles. Nach den Worten der Concierge ist die Mutter des jungen Mannes eine verdiente und mutige Frau. Ihr Mann ist in einem Sanatorium gestorben. Sie hat auch Tuberkulose gehabt und behauptet, geheilt zu sein, aber die Concierge bezweifelt es. Um auf den Inspektor zurückzukommen, er hat Judel angerufen und um weitere Anweisungen gebeten. Judel hat kein Risiko auf sich nehmen wollen und ihm befohlen, das Haus zu überwachen. Der Inspektor ist bis gegen Mitternacht draußen geblieben, dann ist er mit den letzten Mietern hineingegangen und hat die Nacht auf der Treppe verbracht.

Heute morgen hat die Concierge kurz vor acht seine Aufmerksamkeit auf eine magere Frau gelenkt, die an der Loge vorbeiging, und hat ihm gesagt, das sei Antoines Mutter. Der Inspektor hatte keinen

Grund, sie anzusprechen oder ihr zu folgen. Knapp eine halbe Stunde später ist er aus Neugier und weil er nichts weiter zu tun hatte, in den siebten Stock hinaufgestiegen.

Es ist ihm merkwürdig vorgekommen, daß der Junge nicht ebenfalls das Haus verließ, um zur Arbeit zu gehen. Er hat das Ohr an die Tür gedrückt, nichts gehört und dann geklopft. Und als er schließlich bemerkte, daß es eines der einfachsten Schlösser war, hat er seinen Dietrich benutzt.

In dem ersten Zimmer, das zugleich als Küche dient, hat er ein Bett gesehen, das Bett der Mutter, und im Nebenraum ein anderes, ungemachtes Bett. Aber es war niemand da, das Dachfenster stand offen.

Judel ist wütend, daß er daran nicht gedacht und nicht die entsprechenden Instruktionen gegeben hat. Offenbar ist der Junge im Laufe der Nacht durch die Luke geklettert und über die Dächer gelaufen, bis er ein anderes offenes Fenster fand. Wahrscheinlich ist er durch ein Haus in der Rue Louis-Blanc entschlüpft.«

»Steht fest, daß er nicht mehr in dem Haus ist?«

»Sie sind dabei, die Mieter zu befragen.«

Maigret konnte sich das ironische Lächeln des Richters Coméliau vorstellen, wenn er das erfuhr.

»Lapointe hat mich nicht angerufen?«

»Noch nicht.«

»Hat sich niemand im Gerichtsmedizinischen Institut gemeldet, um die Leiche zu identifizieren?«

»Nur die üblichen Besucher.«

Es gab ungefähr ein Dutzend, vor allem Frauen in einem gewissen Alter, die jedesmal herbeigestürzt kamen, wenn eine nicht identifizierte Leiche gefunden worden war, die sie zu erkennen suchten.

»Hat Dr. Paul nicht angerufen?«

»Ich habe Ihnen seinen Bericht gerade auf den Schreibtisch gelegt.«

»Wenn sich Lapointe meldet, sag ihm, er soll zum Quai kommen und auf mich warten. Ich gehe nicht weit.«

Er begab sich zu Fuß zur Ile Saint-Louis, ging um Notre-Dame herum, überquerte den Eisensteg und befand sich kurz darauf in der engen und belebten Rue Saint-Louis-en-l'Ile. Es war die Stunde, da die Hausfrauen ihre Einkäufe machen, und es war nicht leicht, sich zwischen ihnen und den kleinen Karren hindurchzuschlängeln. Maigret fand den Lebensmittelladen, über dem nach Madame Calas' Aussage ihre Tochter, die Lucette hieß, ein Zimmer gemietet hatte. Er betrat den Durchgang neben dem Geschäft, und kam auf einen unregelmäßig gepflasterten Hof, dem eine Linde das Aussehen eines ländlichen Schulhofs oder einer Pfarrei verlieh.

»Suchen Sie jemanden?« rief ihm eine Frauenstimme aus einem Fenster des Erdgeschosses zu.

»Mademoiselle Calas.«

»Im dritten Stock links, aber sie ist nicht zu Hause.«

»Sie wissen nicht, wann sie heimkommt?«

»Zum Mittagessen kommt sie nur selten. Man sieht sie kaum vor halb sieben. Wenn es dringend ist, müssen Sie im Krankenhaus nach ihr fragen.«

Zum Hôtel-Dieu, wo Lucette arbeitete, war es

nicht weit. Etwas schwieriger war es, in die Abteilung von Professor Lavaud zu gelangen, denn um diese Zeit herrschte hier Hochbetrieb, ein ständiges Kommen und Gehen von Männern und Frauen in weißen Kitteln, von Pflegern, die Bahren schoben, von Kranken, die mit unsicheren Schritten die Flure durchquerten und durch Türen kamen, die Gott weiß wohin führten.

»Ich möchte bitte zu Mademoiselle Calas.«

Er wurde kaum beachtet.

»Kenne ich nicht. Eine Patientin?«

Oder er wurde zum hinteren Ende eines Korridors gewiesen:

»Da hinten durch . . .«

Man schickte ihn so in drei oder vier verschiedene Richtungen, bis er endlich einen Flur erreichte, gleichsam einen Hafen, wo es plötzlich still war und ein junges Mädchen an einem kleinen Tisch saß.

»Mademoiselle Calas?«

»Ist es privat? Wie sind Sie hier hergekommen?«

Er mußte sich bis in einen Bereich verirrt haben, der für gewöhnliche Sterbliche unzugänglich war. Er nannte seinen Namen, zeigte sogar seine Dienstmarke vor, denn er spürte, daß sein Ansehen an diesem Ort gering war.

»Ich will sehen, ob sie das einrichten kann. Ich fürchte, sie ist gerade im Operationssaal.«

Für gut zehn Minuten wurde er allein gelassen, und er wagte nicht zu rauchen. Als das junge Mädchen zurückkam, folgte ihr eine ziemlich große Krankenschwester mit ruhigem, heiterem Gesicht.

»Sie wollen mich sprechen?«

»Kommissar Maigret von der Kriminalpolizei.«

Infolge der hellen, sauberen Krankenhausatmosphäre, des weißen Kittels, der Schwesternhaube war der Kontrast zu der Bar am Quai de Valmy noch frappanter.

Lucette Calas sah ihn erstaunt und ohne sich beirren zu lassen an, wie jemand, der die Situation nicht erfaßt.

»Wollen Sie wirklich zu mir?«

»Ihre Eltern wohnen doch am Quai de Valmy?«

Es ging blitzschnell, der Kommissar war jedoch sicher, ein hartes Funkeln in ihren Augen bemerkt zu haben.

»Ja, aber ich . . .«

»Ich möchte Ihnen nur ein paar Fragen stellen.«

»Der Professor braucht mich gleich wieder. Um diese Zeit macht er seine Visiten und . . .«

»Es dauert bloß ein paar Minuten.«

Sie fügte sich, schaute sich um und erblickte eine halboffene Tür.

»Wir können dort hineingehen.«

Da standen zwei Stühle, ein verstellbares Bett, auf einem Tischchen lagen Instrumente, die wohl chirurgischen Zwecken dienen mußten und die Maigret nicht kannte.

»Haben Sie Ihre Eltern schon lange nicht mehr besucht?«

Er gewahrte ein leichtes Zusammenzucken bei dem Wort »Eltern« und glaubte zu verstehen.

»Ich gehe so selten wie möglich hin.«

»Warum?«

»Sie waren bei ihnen?«

»Ich habe mit Ihrer Mutter gesprochen.«

Sie fügte nichts hinzu, als bedürfe es keiner weiteren Erklärung.

»Sind Sie ihnen böse?«

»Ich kann es ihnen höchstens verübeln, daß sie mich zur Welt gebracht haben.«

»Sie waren am letzten Freitag also nicht dort?«

»Ich war nicht einmal in Paris, sondern bei Freunden auf dem Lande, denn ich hatte meinen freien Tag.«

»Sie wissen also nicht, ob Ihr Vater verreist ist?«

»Warum nennen Sie mir nicht den Grund für diese Fragen? Sie kommen hierher und sprechen mit mir über Leute, die offiziell meine Eltern sind, denen ich mich jedoch schon lange entfremdet habe. Warum? Ist ihnen etwas zugestoßen?«

Sie zündete sich eine Zigarette an und sagte beiläufig:

»Hier kann man rauchen. Zumindest um diese Zeit.«

Doch er nutzte die Gelegenheit nicht, seine Pfeife aus der Tasche zu ziehen.

»Würde es Sie überraschen, wenn einem von beiden etwas zugestoßen wäre?«

Sie sah ihm ins Gesicht und meinte:

»Nein.«

»Was hätte zum Beispiel geschehen können?«

»Daß Calas meine Mutter verprügelt und sie dabei umgebracht hätte.«

Sie hatte nicht »mein Vater« gesagt, sondern »Calas«.

»Kommt es oft vor, daß er sie schlägt?«

»Wie es jetzt ist, weiß ich nicht. Früher geschah es fast täglich.«

»Wehrte sich Ihre Mutter nicht?«

»Sie senkte den Kopf unter den Schlägen. Ich frage mich, ob sie es nicht gern mochte.«

»Was hätte sonst passieren können?«

»Daß sie sich entschlossen hätte, ihm Gift in die Suppe zu tun.«

»Haßt sie ihn?«

»Ich weiß nur, daß sie jetzt vierundzwanzig Jahre mit ihm zusammenlebt und nicht versucht hat, von ihm loszukommen.«

»Glauben Sie, daß sie unglücklich ist?«

»Sehen Sie, Herr Kommissar, ich versuche, überhaupt nicht daran zu denken. Als Kind hatte ich nur den einen Traum: wegzugehen. Und sobald ich dazu imstande war, bin ich abgehauen.«

»Sie waren fünfzehn, ich weiß.«

»Wer hat Ihnen das gesagt?«

»Ihre Mutter.«

»Er hat sie demnach nicht umgebracht.«

Sie schien nachzudenken, hob den Kopf wieder.

»Ihn also?«

»Was wollen Sie damit sagen?«

»Sie hat ihn vergiftet?«

»Das ist unwahrscheinlich. Es ist nicht einmal sicher, daß ihm ein Unglück zugestoßen ist. Ihre Mutter behauptet, er sei am Freitagnachmittag in die Gegend von Poitiers gefahren, wo er, wie es scheint, seinen Weißwein zu kaufen pflegt.«

»Das stimmt. Diese Reisen haben schon zu meiner Zeit stattgefunden.«

»Nun hat man aber eine Leiche aus dem Kanal Saint-Martin gezogen, die seine sein könnte.«

»Hat niemand sie identifiziert?«

»Bisher nicht. Diese Identifizierung ist deshalb so schwierig, weil wir den Kopf nicht gefunden haben.«

Vielleicht weil sie in einem Krankenhaus tätig war, zuckte sie nicht einmal zusammen.

»Was glauben Sie, könnte ihm zugestoßen sein?« fragte sie.

»Ich weiß es nicht. Ich suche noch. Es scheint im Leben Ihrer Mutter eine Reihe von Männern zu geben. Verzeihen Sie, daß ich Ihnen gegenüber davon spreche.«

»Meinen Sie, das sei für mich neu!«

»Hat Ihr Vater früher einmal, als junger Mann oder in seiner Kindheit, eine Schrotladung in den Bauch geschossen bekommen?«

Sie zeigte sich überrascht.

»Davon habe ich nie etwas gehört.«

»Natürlich haben Sie auch nie die Narben gesehen?«

»Wenn sie auf dem Bauch sind . . .«, sagte sie mit einem leichten Lächeln.

»Wann sind Sie zum letztenmal am Quai de Valmy gewesen?«

»Warten Sie! Das muß gut einen Monat her sein.«

»Haben Sie dort einen Besuch gemacht, wie man eben seine Eltern besucht?«

»Nicht unbedingt.«

»War Calas da?«

»Ich richte es so ein, daß er nicht da ist, wenn ich komme.«

»Nachmittags?«

»Ja. Er hat die Angewohnheit, in der Nähe der Gare de l'Est Billard zu spielen.«

»War kein Mann bei Ihrer Mutter?«

»An jenem Tag nicht.«

»Haben Sie mit Ihrem Besuch eine bestimmte Absicht verfolgt?«

»Nein.«

»Worüber haben Sie gesprochen?«

»Ich weiß es nicht mehr. Über dies und jenes.«

»Ist von Calas die Rede gewesen?«

»Kaum.«

»Sind Sie nicht zufällig zu Ihrer Mutter gegangen, um sie um Geld zu bitten?«

»Sie sind auf der falschen Fährte, Herr Kommissar. Zu Recht oder zu Unrecht, aber dazu bin ich zu stolz. Es hat Zeiten gegeben, da es mir an Geld gefehlt hat, ja, da ich gehungert habe, doch ich habe nie an deren Tür geklopft und ihre Hilfe erbeten. Und jetzt habe ich erst recht keinen Grund dazu, denn ich verdiene gut.«

»Erinnern Sie sich an nichts, was bei Ihrem letzten Besuch am Quai de Valmy zur Sprache gekommen ist?«

»An nichts Bestimmtes.«

»War unter den Männern, die Sie manchmal an der Bar angetroffen haben, ein junger rötlicher Bursche, der ein Lieferdreirad fährt?«

Sie schüttelte den Kopf.

»Und ein Herr mittleren Alters mit rotem Haar?«

Diesmal dachte sie nach.

»Hat er Blatternnarben im Gesicht?« fragte sie.

»Das weiß ich nicht.«

»Wenn ja, dann ist es Monsieur Dieudonné.«

»Wer ist Monsieur Dieudonné?«

»Viel mehr weiß ich auch nicht. Ein Freund meiner Mutter. Er ist seit Jahren Stammkunde im Lokal.«

»Einer der Nachmittagsgäste?«

Sie begriff.

»Jedenfalls habe ich ihn manchmal nachmittags dort gesehen. Vielleicht ist er nicht das, was Sie meinen. Ich kann nichts garantieren. Er hat auf mich den Eindruck eines ruhigen Menschen gemacht, den man sich abends in Pantoffeln am Ofen vorstellen kann. Er sitzt übrigens fast immer vor dem Ofen, meiner Mutter gegenüber, wie ich bemerkt habe. Sie schienen sich schon lange zu kennen, so daß sie sich gegenseitig nicht mehr in Unkosten zu stürzen brauchten. Verstehen Sie? Man hätte sie für ein altes Ehepaar halten können.«

»Haben Sie eine Ahnung, wo er wohnt?«

»Ich habe gehört, wie er beim Aufstehen mit belegter Stimme, die ich wiedererkennen würde, zu meiner Mutter gesagt hat:

›Es wird Zeit, daß ich zur Arbeit gehe.‹

Ich vermute, daß er im gleichen Viertel arbeitet, aber ich weiß nicht, was er macht. Er ist nicht angezogen wie ein Arbeiter. Ich würde ihn eher für einen Buchhalter oder so halten.«

Sie vernahmen eine Klingel im Flur, und das junge Mädchen sprang automatisch auf.

»Das ist für mich«, sagte sie. »Entschuldigen Sie mich bitte.«

»Möglicherweise suche ich Sie einmal in der Rue Saint-Louis-en-l'Ile auf.«

»Da bin ich nur abends. Kommen Sie nicht zu spät, ich gehe früh schlafen.«

Er sah ihr nach, als sie kopfschüttelnd über den Flur schritt, wie jemand, der sich an einen neuen Gedanken noch nicht gewöhnt hat.

»Verzeihen Sie, Mademoiselle, wo ist bitte der Ausgang?«

Er wirkte so verloren, daß das am Schreibtisch sitzende junge Mädchen lächelte und ihm durch den Korridor bis zu einer Treppe voranging.

»Von hier an sind Sie gerettet. Wenn Sie unten sind, gehen Sie links um die Ecke und dann noch einmal links.«

»Vielen Dank.«

Er wagte nicht, sie zu fragen, was sie von Lucette Calas hielt. Wie er selbst über sie dachte, hätte er kaum zu sagen vermocht.

Gegenüber vom Justizpalast machte er eine kurze Pause und trank ein Glas Weißwein. Als er bald darauf wieder am Quai des Orfèvres anlangte, war Lapointe eingetroffen und wartete auf ihn.

»Na, was ist mit den Schwestern?«

»Sie sind alle sehr nett gewesen. Ich hatte Angst, mich unbehaglich zu fühlen, aber sie haben mich so reizend empfangen . . .«

»Die Narben?«

Über das erzielte Ergebnis zeigte sich Lapointe weniger entzückt.

»Was zunächst den Arzt betrifft, der die Operation vorgenommen hat, so ist er vor drei Jahren gestorben, wie Madame Calas uns gesagt hat. Die Nonne, die das Sekretariat leitet, hat die Akte gefunden. Die Narben werden da nicht erwähnt, was ganz natürlich ist, aber dafür habe ich erfahren, daß Calas an einem Magengeschwür litt.«

»Ist er daran operiert worden?«

»Nein. Vor einer Operation scheinen sie eine umfassende Untersuchung durchzuführen und den Befund zu notieren.«

»Von besonderen Merkmalen ist nicht die Rede?«

»Nichts dergleichen. Die Nonne war so liebenswürdig, die Schwestern zu befragen, die der Operation beigewohnt haben könnten. Keine kann sich genau an Calas erinnern. Eine einzige glaubt noch zu wissen, daß er vor der Narkose verlangt hat, man möge ihm Zeit für ein Gebet lassen.«

»War er katholisch?«

»Nein. Er hatte Angst. Das sind Einzelheiten, die die frommen Schwestern nicht vergessen. Die Narben sind ihnen nicht aufgefallen.«

Also war man keinen Schritt weitergekommen, man stand vor einer Leiche ohne Kopf, die unmöglich mit Sicherheit zu identifizieren war.

»Was machen wir nun?« murmelte Lapointe, der angesichts eines brummigen Maigret lieber leise sprach.

Hatte Richter Coméliau nicht doch recht? Wenn der Tote aus dem Kanal Saint-Martin Omer Calas war, bestanden Chancen, kostbare Hinweise zu erlangen, wenn man seine Frau einem strengen Verhör unterzog. Und ein Gespräch unter vier Augen mit Antoine, dem Dreiradbotenjungen, den man erst wieder aufspüren mußte, würde vermutlich auch nicht ergebnislos verlaufen.

»Komm.«

»Soll ich das Auto holen?«

»Ja.«

»Wo fahren wir hin?«

»Zum Kanal.«

Unterwegs beauftragte er die Inspektoren des 10. Arrondissements, in der Umgebung nach einem Rothaarigen mit Blatternnarben zu fahnden, der auf den Vornamen Dieudonné hörte.

Das Auto schlängelte sich zwischen den Bussen und Lastwagen hindurch, erreichte den Boulevard Richard-Lenoir nicht weit von Maigrets Wohnung, als der Kommissar plötzlich brummte:

»Fahr an der Gare de l'Est vorbei.«

Lapointe sah ihn verständnislos an.

»Der Einfall bringt vielleicht nichts, aber ich will mich lieber überzeugen. Man hat uns erzählt, daß Calas am Freitagnachmittag mit einem Koffer in der Hand abgereist ist. Nehmen wir an, er sei am Samstag zurückgekehrt. Wenn er der Ermordete und Zerstükkelte ist, hat man sich dieses Koffers entledigen müssen. Ich bin überzeugt, daß er nicht mehr am Quai de Valmy ist und daß wir dort ebensowenig die Kleidungsstücke finden werden, die er angeblich auf die Reise mitgenommen hat.«

Lapointe folgte seiner Überlegung und nickte dabei.

»Man hat im Kanal weder den Koffer noch die Kleidungsstücke gefunden, obwohl die Leiche vor dem Zerstückeln entkleidet worden ist.«

»Und man hat den Kopf nicht entdeckt!« setzte Lapointe hinzu.

Maigrets Hypothese war nicht gerade originell. Es war lediglich eine Frage der Routine. In sechs von zehn Fällen begnügen sich diejenigen, die sich eines Verbrechens schuldig gemacht haben und belastende Gegenstände loswerden wollen, mit der Lösung, sie bei der Gepäckaufbewahrung eines Bahnhofs aufzugeben.

Nun, die Gare de l'Est liegt wenige Schritte vom Quai de Valmy entfernt. Lapointe gelang es schließlich, einen Parkplatz zu finden, dann folgte er Maigret in die riesige Bahnhofshalle.

»Hatten Sie am Freitagnachmittag Dienst?« fragte er den Beamten am Gepäckschalter.

»Nur bis achtzehn Uhr.«

»Ist viel Gepäck abgegeben worden?«

»Nicht mehr als an den anderen Tagen.«

»Sind unter den am Freitag deponierten Stücken einige, die noch nicht abgeholt worden sind?«

Der Beamte drehte sich zu den Gestellen um, auf denen die verschiedenen Koffer und andere Gepäckstücke aufgereiht waren.

»Zwei!« antwortete er.

»Die beide einer Person gehören?«

»Nein. Sie tragen keine aufeinanderfolgenden Nummern. Übrigens ist der Reisekorb, der mit Leinen bespannt ist, von einer dicken Frau abgegeben worden, an die ich mich erinnere, weil mir auffiel, daß sie nach Käse roch.«

»Ist Käse darin?«

»Das weiß ich nicht. Nein, sicher nicht. Es riecht nicht mehr. Vielleicht hat die Frau danach gerochen.«

»Und das zweite Stück?«

»Das ist ein brauner Handkoffer.«

Er zeigte mit dem Finger auf einen billigen Koffer, der ziemlich abgenutzt war.

»Ist kein Name und keine Adresse daran?«

»Nein.«

»Wissen Sie noch, wer ihn abgegeben hat?«

»Ich kann mich täuschen, aber ich möchte schwören, daß es ein junger Mann vom Lande war.«

»Warum vom Lande?«

»Er sah so aus.«

»Weil er eine gesunde Gesichtsfarbe hatte?«

»Vielleicht.«

»Wie war er gekleidet?«

»Ich glaube, er hatte eine Lederjacke an und eine Mütze auf.«

Maigret und Lapointe sahen sich an, sie dachten beide an Antoine Cristin.

»Wann könnte das gewesen sein?«

»So gegen fünf. Ja. Kurz nach fünf, denn der Straßburger Schnellzug war gerade eingelaufen.«

»Wenn jemand kommen sollte, um den Koffer abzuholen, rufen Sie doch bitte sofort das Polizeirevier am Quai de Jemmapes an.«

»Und wenn der Typ es mit der Angst bekommt und wegläuft?«

»Wir werden in jedem Fall in wenigen Minuten hier sein.«

Es gab nur ein Mittel, den Koffer zu identifizieren, man mußte Madame Calas holen und ihn ihr zeigen. Gleichgültig sah sie die beiden Männer ihr Lokal betreten und begab sich hinter die Theke, um sie zu bedienen.

»Wir möchten jetzt nichts trinken«, sagte Maigret. »Wir sind gekommen, um Sie abzuholen, damit Sie einen Gegenstand identifizieren, der sich nicht weit von hier befindet. Mein Inspektor wird Sie begleiten.«

»Muß ich das Haus schließen?«

»Das lohnt sich nicht, denn Sie werden in wenigen Minuten zurück sein. Ich bleibe hier.«

Sie setzte keinen Hut auf, sie wechselte nur ihre Pantoffeln gegen Schuhe aus.

»Werden Sie die Gäste bedienen?«

»Dazu werde ich kaum Gelegenheit haben.«

Als sich der Wagen mit Lapointe am Steuer und Madame Calas neben ihm entfernte, blieb Maigret einen Moment auf der Schwelle stehen, und ein merkwürdiges Lächeln spielte um seine Lippen. Es war das erste Mal während seiner Laufbahn, daß er allein in einem kleinen Bistro stand, als sei er der Besitzer, und dieser Gedanke amüsierte ihn derart, daß er sich hinter den Schanktisch schob.

5

Die Tintenflasche

Die Sonnenstrahlen bildeten an den gleichen Stellen wie am Morgen zuvor Muster, von denen eines auf der abgerundeten Ecke der Theke die Form eines Tieres hatte; und ein anderes befand sich auf einem bunten Reklameplakat, das eine Frau in einem roten Kleid darstellte, die ein Glas schaumigen Biers reichte.

Wie Maigret schon tags zuvor gespürt hatte, machte dieses kleine Lokal nach Art vieler Bars und Cafés in Paris eher den Eindruck eines ländlichen Gasthauses, das den größten Teil der Woche leer ist, sich aber am Markttag plötzlich füllt.

Es überkam ihn die Versuchung, sich selbst etwas zu trinken einzuschenken, doch das war ein kindliches Verlangen, das ihn erröten ließ, und so ging er, die Hände in den Taschen, die Pfeife zwischen den Zähnen, auf die Tür im Hintergrund zu.

Er hatte noch nicht gesehen, was hinter dieser Tür war, durch die Madame Calas häufig verschwand. Wie er erwartet hatte, entdeckte er eine Küche, in der eine gewisse Unordnung herrschte, die jedoch weniger schmutzig war, als er gedacht hatte. Gleich links neben der Tür stand auf einer braungestrichenen Anrichte eine angebrochene Flasche Kognak. Also trank die Wirtin den ganzen Tag über nicht Wein, sondern Spirituosen, und weil daneben kein Glas zu erblicken war, mußte sie die Angewohnheit haben, aus der Flasche zu trinken.

Ein Fenster lag zum Hof hinaus, ebenso eine verglaste Tür, die nicht abgeschlossen war und die er öffnete. In einer Ecke reihten sich leere Fässer auf, Strohhüllen, mit denen die Flaschen verpackt wurden, stapelten sich, zerbeulte Eimer und rostige Eisenreifen lagen umher, und er fühlte sich so fern von Paris, die Illusion war so stark, daß es ihn nicht überrascht hätte, einen Misthaufen und Hühner zu erblicken.

Der Hof stieß an eine Sackgasse mit fensterlosen Mauern, die in eine Nebenstraße münden mußte.

Unwillkürlich schaute er zu den Fenstern im ersten Stock dieses Bistros hinauf, deren Scheiben schon lange nicht geputzt worden waren und hinter denen verschossene Gardinen hingen.

Täuschte er sich? Ihm war, als habe sich hinter diesen Scheiben etwas bewegt. Er erinnerte sich jedoch, daß er die Katze hatte am Ofen liegen sehen.

Er ging in die Küche zurück und stieg gemächlich die Wendeltreppe hinauf, die in die obere Etage führte. Die Stufen knarrten. Bis hin zu dem unbestimmten Schimmelgeruch gemahnte ihn hier alles an die Gasthöfe kleiner Dörfer, in denen er gelegentlich übernachtet hatte.

Zwei Türen mündeten auf den Treppenabsatz. Die eine stieß er auf und sah sich in dem Raum, der das Schlafzimmer der Calas sein mußte. Es lag zum Quai hinaus. Das zweischläfrige Nußbaumbett war an diesem Morgen nicht gemacht, und die Laken wirkten recht sauber. Die Einrichtung ähnelte der, die er in jeder beliebigen Behausung dieser Art angetroffen hätte, es waren alte Möbelstücke, die sich vom Vater auf den Sohn vererben, wuchtig und von der Zeit blankpoliert.

Im Schrank hingen Herrenanzüge. Zwischen den Fenstern stand ein mit granatrotem Rips bespannter Sessel, daneben ein Radiogerät veralteten Modells. Der runde Tisch in der Mitte des Zimmers schließlich war mit einem Tuch von undefinierbarer Farbe bedeckt und wurde von zwei Mahagonistühlen flankiert.

Er fragte sich, was ihm gleich beim Eintritt ungewöhnlich vorgekommen war, und mußte seine Augen mehrmals durch den Raum schweifen lassen, ehe sein Blick erneut an der Tischdecke haften blieb. Eine Tintenflasche, die neu zu sein schien, stand darauf, ein Federhalter lag da und ferner eine dieser Reklameschreibmappen, wie sie in den Lokalen den Gästen zur Verfügung gestellt werden.

Er schlug sie auf, ohne damit zu rechnen, eine Entdeckung zu machen, und tatsächlich machte er auch keine, sondern fand darin nur drei Blätter weißes Papier. Im selben Augenblick spitzte er die Ohren, weil er ein Knarren zu vernehmen glaubte. Es kam nicht aus der Toilette, die unmittelbar an das Schlafzimmer stieß. Er ging auf den Treppenabsatz zurück und betrat den anderen Raum, der ebenso groß war wie der erste, als Speicher und Abstellkammer diente und mit kaputten Möbelstücken, alten Zeitschriften, Glaswaren und den verschiedensten Gegenständen vollgestopft war.

»Ist hier jemand?« fragte er laut, denn er war sich fast sicher, nicht allein in diesem Zimmer zu sein.

Er verharrte einen Augenblick bewegungslos, dann streckte er lautlos die Hand nach einem Wandschrank aus, dessen Tür er mit einem Ruck aufriß.

»Keine Dummheiten diesmal!« befahl er.

Es überraschte ihn nicht allzusehr, Antoine zu entdecken, der in der Ecke des Wandschranks kauerte wie ein umstelltes Tier.

»Dachte ich mir doch, daß man dich bald schnappen würde. Komm da raus!«

»Verhaften Sie mich?«

Der junge Mann starrte entsetzt auf die Handschellen, die der Kommissar aus der Tasche gezogen hatte.

»Ich weiß noch nicht, was ich mit dir anfange, aber ich lege keinen Wert darauf, daß du uns ein zweites Mal durch die Lappen gehst. Handgelenke her!«

»Dazu haben Sie kein Recht. Ich habe nichts getan.«

»Handgelenke her!«

Er ahnte, daß der Junge zögerte, um seine Chance zu nutzen und den Versuch zu machen, ihm zwischen den Beinen hindurchzuschlüpfen. Er trat auf ihn zu und bediente sich seiner ganzen Körpermasse, um ihn an die Wand zu drücken, und nachdem der Bursche sich ein bißchen gewehrt und ihm ein paar Fußtritte gegen die Beine versetzt hatte, gelang es ihm endlich, ihm Handschellen anzulegen.

»Jetzt komm mit!«

»Was hat meine Mutter gesagt?«

»Ich weiß nicht, was deine Mutter dazu sagen wird, aber wir, wir haben eine Reihe von Fragen an dich zu richten.«

»Ich werde nicht antworten.«

»Komm erst mal mit!«

Er schob ihn vor sich her. Sie durchquerten die Küche, und als sie in die Gaststube gelangten, schien Antoine von der Leere und Stille betroffen.

»Wo ist sie?«

»Die Wirtin? Hab keine Angst. Die kommt schon wieder.«

»Haben Sie sie verhaftet?«

»Setz dich in die Ecke da und rühr dich nicht!«

»Ich rühre mich, solange ich will!«

Er hatte Burschen dieses Alters derart oft in solchen oder ähnlichen Situationen erlebt, daß er jede seiner Reaktionen und seiner Antworten im voraus kannte.

Schon Richter Coméliaus wegen war es ihm nicht unlieb, Antoine festgenommen zu haben, aber er rechnete nicht damit, daß der Junge ihm Aufklärungen liefern würde.

Die Tür zur Straße wurde aufgestoßen, und ein älterer Mann trat herein und stutzte, als er Maigret mitten in dem kleinen Lokal stehen sah, während Madame Calas nicht zu sehen war.

»Ist die Wirtin nicht da?«

»Sie wird gleich wiederkommen.«

Bemerkte der Mann die Handschellen? Begriff er, daß Maigret Polizist war, und wollte er ihm lieber nicht zu nahe kommen? Jedenfalls tippte er an die Mütze und entfernte sich schleunigst, wobei er etwas stammelte wie:

»Ich komm ein andermal wieder.«

Er konnte noch nicht weit sein, als das schwarze Auto vor der Tür hielt und Lapointe als erster ausstieg, Madame Calas den Wagenschlag öffnete und dann einen braunen Handkoffer vom Rücksitz nahm.

Sie gewahrte Antoine auf den ersten Blick, runzelte die Brauen und wandte sich beunruhigt Maigret zu.

»Wußten Sie nicht, daß er bei Ihnen war?«

»Antworte nicht!« rief der junge Mann ihr zu. »Er hat kein Recht, mich zu verhaften. Ich habe nichts getan. Es wird ihm schwerfallen, zu beweisen, daß ich was ausgefressen habe.«

Unverzüglich wendete sich der Kommissar Lapointe zu.

»Ist das der Koffer?«

»Anfangs schien sie sich nicht ganz sicher zu sein, dann hat sie es bejaht, dann hat sie behauptet, sie könne es nicht wissen, ehe er nicht geöffnet würde.«

»Hast du ihn aufgemacht?«

»Es war mir lieber, es in Ihrem Beisein zu tun. Ich habe dem Schalterbeamten eine provisorische Quittung ausgestellt. Er besteht darauf, daß man ihm so schnell wie möglich eine amtliche Bescheinigung der Beschlagnahme schickt.«

»Die forderst du bei Coméliau an. Ist der Beamte noch da?«

»Ich nehme an. Er machte nicht den Eindruck, auf seine Ablösung zu warten.«

»Ruf ihn an. Frag ihn, ob er sich für eine Viertelstunde vertreten lassen kann. Das dürfte nicht unmöglich sein. Er soll in ein Taxi springen und hierher kommen.«

»Ich verstehe«, sagte Lapointe und warf einen Blick auf Antoine.

Würde der Mann von der Gepäckaufbewahrung ihn wiedererkennen? Wenn ja, dann wurde alles sehr viel leichter.

»Ruf auch Moers an. Er soll ebenfalls herkommen, wegen einer Hausdurchsuchung, er soll Fotografen mitbringen.«

»In Ordnung, Chef.«

Madame Calas, die wie eine Besucherin mitten im Raum stehen geblieben war, fragte ihrerseits, wie Antoine es getan hatte:

»Verhaften Sie mich?«

Sie schien um ihre Fassung zu ringen, während er einfach antwortete:

»Warum?«

»Ich kann mich frei bewegen?«

»Im Hause, ja.«

Er wußte, was sie wollte, und tatsächlich begab sie sich in die Küche, wo sie in der Ecke verschwand, in der die Kognakflasche stand. Um das zu überspielen, klapperte sie mit Geschirr, zog ihre Schuhe aus, an die sie nicht gewöhnt war und die sie wohl drückten, und schlüpfte wieder in ihre Filzpantoffeln.

Als sie zurückkehrte, war sie ganz die alte und trat hinter den Schanktisch.

»Kann ich Ihnen etwas bringen?«

»Ja, einen Weißwein. Und einen für den Inspektor. Vielleicht hat Antoine Appetit auf ein Glas Bier?«

Er tat, als habe er keine Eile. Man hätte sogar glauben können, daß er nicht wußte, was er in der nächsten Minute tun würde.

Nachdem er einen Schluck Wein getrunken hatte, begab er sich zur Eingangstür und schloß sie ab.

»Haben Sie den Kofferschlüssel?«

»Nein.«

»Wissen Sie, wo er ist?«

»Wahrscheinlich in ›seiner‹ Tasche.«

In Omer Calas' Tasche, denn angeblich hatte er ja mit seinem Koffer das Haus verlassen.

»Geben Sie mir eine Zange, irgendein Werkzeug.«

Es dauerte eine Weile, ehe sie eine Zange gefunden hatte. Maigret legte den Koffer auf einen der Tische und wartete mit dem Aufbrechen des nicht sehr festen Schlosses, bis Lapointe mit seinen Telefongesprächen fertig war.

»Ich habe dir ein Glas Weißwein bestellt.«

»Danke, Chef.«

Das Metall bog sich, zersprang endlich, und Maigret klappte den Deckel auf. Madame Calas war hinter der Theke geblieben, und wenn sie auch zu ihnen herüberschaute, so schien sie nicht besonders interessiert zu sein.

Der Koffer enthielt einen grauen Anzug aus recht gutem Stoff, ein Paar fast neue Schuhe, Hemden, Socken, Rasierzeug, Kamm und Zahnbürste sowie ein Stück Seife, das in Papier gewickelt war.

»Gehört das Ihrem Mann?«

»Ich nehme an.«

»Sie sind sich dessen nicht sicher?«

»Er besitzt einen Anzug wie den da.«

»Ist er nicht mehr oben?«

»Ich habe nicht nachgesehen.«

Sie half ihnen nicht, versuchte aber auch nicht, sie auf eine falsche Fährte zu lenken. Seit dem Vorabend beantwortete sie die Fragen genau und mit einem Minimum an Wörtern, ohne daß es jedoch so aggressiv wirkte wie zum Beispiel das Verhalten Antoines.

Antoine dagegen bäumte sich auf, weil er Angst hatte. Die Frau schien im Gegensatz zu ihm nichts zu fürchten zu haben. Das Kommen und Gehen der Polizisten, die Entdeckungen, die sie machen könnten, ließen sie gleichgültig.

»Fällt dir nichts auf?« fragte Maigret Lapointe, während er in dem Koffer herumwühlte.

»Daß alles achtlos hineingestopft worden ist?«

»Ja. Das ist meistens so, wenn ein Mann seinen Koffer packt. Aber ein Detail ist noch merkwürdiger. Calas soll also auf Reisen gegangen sein. Er nahm einen Anzug zum Wechseln mit sowie Schuhe und Wäsche. Theoretisch müßte er oben im Schlafzimmer seinen Koffer gepackt haben.«

Zwei Männer in Anstreicherkitteln rüttelten an der Tür, drückten ihre Gesichter an die Scheiben, schienen etwas zu rufen, das nicht zu verstehen war, und entfernten sich wieder.

»Kannst du mir sagen, warum er unter dieser Voraussetzung schmutzige Wäsche mitgenommen haben soll?«

Tatsächlich war eines der Hemden getragen, ebenso eine Unterhose und ein Paar Socken.

»Meinen Sie, daß nicht er diese Sachen eingepackt hat?«

»Vielleicht doch. Wahrscheinlich hat er es selbst getan. Aber nicht im Moment der Abreise. Als er seinen Koffer packte, war er im Begriff, heimzufahren.«

»Ich verstehe.«

»Haben Sie gehört, Madame Calas?«

Sie nickte.

»Behaupten Sie immer noch, Ihr Mann sei am Freitagnachmittag abgereist und habe diesen Koffer mitgenommen?«

»Ich habe an meiner Aussage nichts zu berichtigen.«

»Sind Sie sicher, daß er nicht am Donnerstag fort war? Und daß er nicht etwa am Freitag *zurückgekommen* ist?«

Sie schüttelte lediglich den Kopf.

»Sie glauben ohnehin nur, was Sie glauben wollen.«

Ein Taxi hielt vor dem Bistro. Maigret schloß die Tür auf, während der Schalterbeamte von der Gepäckaufbewahrung aus dem Wagen stieg.

»Sie können ihn warten lassen. Ich halte Sie nur einen Augenblick auf.«

Der Kommissar bat ihn in die Gaststube, und der Mann fragte sich ein Weilchen, was man wohl von ihm wollte, und schaute sich um, als wolle er sich vergewissern. Sein Blick blieb an Antoine haften, der immer noch in der Ecke auf einer Bank saß.

Dann wandte er sich Maigret zu, machte den Mund auf, musterte erneut den jungen Burschen.

Während der ganzen Zeit, die einem lang vorkam, starrte Antoine dem Beamten argwöhnisch ins Gesicht.

»Ich glaube schon, daß ...«, begann der Mann und kratzte sich am Nacken.

Er war anständig, er rang mit seinem Gewissen.

»Na ja! Wenn ich ihn so sehe, möchte ich sagen, er ist es.«

»Sie lügen!« schrie der junge Bursche wütend.

»Vielleicht wäre es besser, wenn ich ihn stehend sehen könnte.«

»Steh auf!«

»Nein.«

»Steh auf!«

Hinter Maigrets Rücken war die Stimme von Madame Calas zu hören:

»Steh auf, Antoine.«

»Jetzt«, murmelte der Schalterbeamte nach einem Augenblick des Nachdenkens, »zögere ich schon weniger. Hat er nicht eine Lederjacke?«

»Sieh oben nach, in dem hinteren Zimmer«, sagte Maigret zu Lapointe.

Sie warteten schweigend. Der Bahnbeamte warf einen Blick zur Theke hinüber, und Maigret begriff, daß er Durst hatte.

»Ein Glas Weißwein?« fragte er.

»Da sage ich nicht nein.«

Lapointe kam mit der Lederjacke zurück, die Antoine am Abend zuvor getragen hatte.

»Zieh sie an.«

Der junge Mann blickte zur Wirtin hinüber, um

sich Rat zu holen, dann fügte er sich unwillig, nachdem man ihm die Handschellen abgenommen hatte.

»Sehen Sie nicht, daß er sich gut mit der Polizei stellen möchte? Die sind alle gleich. Man braucht nur die Polizei zu erwähnen, und sofort fangen sie an zu zittern. Also behaupten Sie jetzt immer noch, Sie hätten mich schon gesehen?«

»Ich glaube, ja.«

»Sie lügen!«

Der Schalterbeamte wandte sich an Maigret und sagte mit ruhiger Stimme, in der jedoch eine gewisse Erregung mitschwang:

»Ich nehme an, daß meine Aussage wichtig ist? Ich möchte niemanden zu Unrecht belasten. Dieser Bursche ähnelt dem, der am Sonntag zum Bahnhof gekommen ist und den Koffer aufgegeben hat. Da ich nicht ahnen konnte, daß man mich seinetwegen verhören würde, habe ich ihn mir nicht so genau angesehen. Vielleicht, wenn ich ihn an derselben Stelle, bei der gleichen Beleuchtung wiedersähe . . .«

»Er wird Ihnen heute oder morgen auf dem Bahnhof vorgeführt«, entschied Maigret. »Ich danke Ihnen. Auf Ihr Wohl!«

Er begleitete ihn zur Tür, die er hinter ihm abschloß. Es lag in der Haltung des Kommissars so etwas wie eine unerklärliche Schlaffheit, die Lapointe zu schaffen machte. Der Inspektor hätte nicht zu sagen gewußt, wann das angefangen hatte. In Wirklichkeit vielleicht schon zu Beginn der Ermittlung, seit sie am Abend zuvor zum Quai de Valmy gekommen waren oder seit sie das Bistro der Calas betreten hatten.

Maigret handelte wie gewöhnlich und tat, was er zu tun hatte. Aber ging er nicht mit einem Mangel an Überzeugung vor, den seine Inspektoren selten an ihm beobachtet hatten? Es war schwer zu erklären. Es hatte den Anschein, als handle er ein bißchen widerwillig. Die materiellen Indizien interessierten ihn kaum, und er schien Gedanken in seinem Kopf zu wälzen, die er niemandem mitteilte.

Das war vor allem hier in dem Lokal zu spüren und insbesondere, wenn er zu Madame Calas sprach oder sie heimlich beobachtete. Man hätte schwören mögen, daß das Opfer in seinen Augen nicht zählte, daß die zerstückelte Leiche keinerlei Bedeutung für ihn hatte. Mit Antoine hat er sich kaum beschäftigt, und er mußte sich sichtlich anstrengen, um an gewisse berufliche Pflichten zu denken.

»Ruf Coméliau an. Mir ist es lieber, wenn du das übernimmst. Erzähl ihm mit wenigen Worten, was geschehen ist. Vielleicht wäre es besser, wenn er einen Haftbefehl auf den Namen des Jungen ausstellte. Das tut er auf alle Fälle.«

»Und sie?« fragte der Inspektor und deutete auf die Frau.

»Lieber nicht.«

»Wenn er darauf besteht?«

»Er soll tun, was er will. Er ist der Richter.«

Er machte sich nicht die Mühe, aus Vorsicht leise zu sprechen, und die beiden anderen hörten zu.

»Sie täten gut daran, einen Happen zu essen«, riet er Madame Calas. »Es ist möglich, daß Sie in Kürze mitgenommen werden.«

»Für lange?«

»Für die Zeit, in der der Untersuchungsrichter Sie zu seiner Verfügung zu haben wünscht.«

»Muß ich im Gefängnis übernachten?«

»Zunächst wahrscheinlich im Untersuchungsgefängnis.«

»Und ich?« fragte Antoine.

»Du auch.«

Maigret fügte hinzu:

»Aber nicht in derselben Zelle!«

»Hast du Hunger?« fragte Madame Calas den Jungen.

»Nein.«

Dennoch begab sie sich in die Küche, jedoch nur, um einen Schluck Kognak zu trinken. Als sie zurückkam, erkundigte sie sich:

»Wer hütet unterdessen das Haus?«

»Niemand. Aber keine Angst. Es wird überwacht.«

Er konnte nicht umhin, sie immer auf die gleiche Art zu betrachten, als stehe er zum erstenmal jemandem gegenüber, den er nicht verstand.

Er war geschickten Frauen begegnet, und einige hatten ihm lange die Stirn geboten. Doch jedesmal hatte er trotzdem von Anfang an gespürt, daß er das letzte Wort haben würde. Es war eine Frage der Zeit, der Geduld, des Willens.

Mit Madame Calas ging das nicht so. Er konnte sie in keine Kategorie einordnen. Wenn man ihm gesagt hätte, sie habe ihren Mann kaltblütig ermordet und selbst auf dem Küchentisch in Stücke geschnitten, dann hätte er nicht protestiert. Aber er würde auch nicht protestiert haben, wenn man ihm versichert hätte, sie habe vom Schicksal ihres Mannes nicht die geringste Ahnung.

Da stand sie leibhaftig vor ihm, hager und verblüht, in ihrem dunklen Kleid, das an ihrem Körper herabhing wie eine alte Gardine an einem Fenster; sie war etwas durchaus Wirkliches, mit dem Widerschein eines intensiven Innenlebens in ihren dunklen Augen; und dennoch hatte sie etwas Körperloses, Ungreifbares an sich.

Wußte sie, daß sie diesen Eindruck erweckte? Man hätte es aus der ruhigen, vielleicht ironischen Art schließen können, mit der sie ihrerseits den Kommissar anblickte.

Daher rührte das Unbehagen, das Lapointe soeben verspürt hatte. Es handelte sich weniger um eine Ermittlung durch die Polizei, die einen Schuldigen entdecken will, als um eine persönliche Angelegenheit zwischen Maigret und dieser Frau.

Was sich nicht unmittelbar auf sie bezog, interessierte den Kommissar nur nebenbei; dafür sollte Lapointe kurz darauf den Beweis erhalten, als er aus der Telefonkabine trat.

»Was hat er gesagt?« fragte Maigret, er meinte Coméliau.

»Er wird einen Haftbefehl ausstellen und in Ihr Büro bringen lassen.«

»Will er ihn sehen?«

»Er nimmt an, daß Sie darauf bestehen, ihn vorher zu verhören.«

»Und sie?«

»Er will einen zweiten Haftbefehl unterzeichnen. Sie können damit machen, was Sie wollen, aber meiner Meinung nach ...«

»Ich verstehe.«

Coméliau erwartete, daß Maigret in sein Büro zurückkehrte, nacheinander Antoine und Madame Calas vorlud, sie stundenlang verhörte, bis sie auspacken würden.

Man hatte den Kopf der Leiche immer noch nicht gefunden. Man hatte keinerlei stichhaltigen Beweis, daß Calas der Mann war, dessen Reste aus dem Kanal Saint-Martin gefischt worden waren. Aber wenigstens gab es jetzt aufgrund des Koffers starke Verdachtsmomente, und es war oft vorgekommen, daß ein Verhör, das mit weniger Trümpfen begonnen worden war, nach einigen Stunden mit einem lückenlosen Geständnis endete.

Das war nicht nur die Auffassung des Richters Coméliau, sondern auch die Lapointes, der sein Erstaunen kaum verbergen konnte, als Maigret ihm befahl:

»Bring ihn zum Quai. Setz dich mit ihm in mein Büro und verhöre ihn. Vergiß nicht, ihm etwas zu essen und zu trinken heraufkommen zu lassen.«

»Sie bleiben hier?«

»Ich warte auf Moers und die Fotografen.«

Bedrückt gab Lapointe dem jungen Mann ein Zeichen, sich zu erheben. Bevor er hinausging, rief Antoine dem Kommissar noch zu:

»Ich sage Ihnen gleich, das wird Sie teuer zu stehen kommen!«

Ungefähr zur selben Zeit setzte der Vicomte, der die verschiedenen Büros der Kriminalpolizei durchstreift hatte, wie er es jeden Morgen tat, seinen Rundgang durch den Flur der Untersuchungsrichter fort.

»Nichts Neues, Monsieur Coméliau? Hat man den Kopf immer noch nicht gefunden?«

»Bisher nicht. Aber das Opfer ist so gut wie identifiziert.«

»Wer ist es?«

Zehn Minuten lang beantwortete Coméliau bereitwillig alle Fragen und war durchaus nicht böse darüber, daß diesmal ihm und nicht Maigret die Ehre zuteil wurde, mit der Presse zu tun zu haben.

»Ist der Kommissar unten?«

»Ich nehme an.«

So daß die Hausdurchsuchung bei Calas und die Festnahme eines jungen Mannes, von dem nur die Initialen bekanntgegeben wurden, zwei Stunden später in den Nachmittagszeitungen verkündet und dann um fünf Uhr in den Radionachrichten gemeldet wurden.

Als er mit Madame Calas allein war, hatte Maigret sein Glas vom Tresen geholt und auf einen Tisch gestellt, an den er sich setzte. Sie dagegen hatte sich nicht gerührt, verharrte hinter der Theke in der klassischen Haltung der Wirtin eines Bistros.

Man hörte, wie die Fabriksirenen die Mittagspause ankündigten. Innerhalb von knapp zehn Minuten drückten sich mehr als dreißig Personen an der verschlossenen Tür die Nase platt, und da einige Madame Calas hinter der Scheibe erblickten, gestikulierten sie, als versuchten sie, mit ihr zu unterhandeln.

»Ich habe Ihre Tochter besucht«, ließ sich plötzlich Maigrets Stimme in dem Schweigen vernehmen.

Sie schaute ihn stumm an.

»Sie hat mir den Besuch bestätigt, den sie Ihnen vor ungefähr einem Monat abgestattet hat. Ich frage mich, worüber Sie gesprochen haben.«

Das hatte nicht die Form einer Frage, und so glaubte sie, nicht darauf antworten zu müssen.

»Sie hat auf mich den Eindruck eines ausgeglichenen Menschen gemacht, der sein Schiff klug gesteuert hat. Ich weiß nicht, warum ich auf den Gedanken gekommen bin, sie sei in ihren Chef verliebt und vielleicht sogar seine Geliebte.«

Sie rührte sich immer noch nicht. Interessierte sie das überhaupt? Hatte sie der Tochter gegenüber irgendwelche Empfindungen bewahrt?

»Sie muß es anfangs nicht leicht gehabt haben. Es ist hart für ein fünfzehnjähriges Mädchen, sich in einer Stadt wie Paris allein durchzuschlagen.«

Sie sah ihn mit Augen an, die durch ihn hindurchzublicken schienen, und fragte mit müder Stimme:

»Was erhoffen Sie sich?«

Ja, was erhoffte er? Hatte Coméliau im Grunde nicht recht? Müßte er in diesem Augenblick nicht damit beschäftigt sein, Antoine zum Reden zu bringen? Und sie? Würden ein paar Tage in der Zelle des Untersuchungsgefängnisses ihre Haltung nicht ändern?

»Ich frage mich, warum Sie Calas geheiratet und aus welchem Grund Sie ihn später nicht verlassen haben.«

Es war kein Lächeln, das auf ihre Lippen trat, sondern ein Ausdruck, den man für Spott – oder für Mitleid hätte halten können.

»Sie haben es absichtlich getan, nicht wahr?« fuhr Maigret fort, ohne seinen Gedanken genauer zu formulieren.

Er mußte unbedingt weiterkommen. Es gab Momente, wie jetzt, da ihm schien, es bedürfe nur einer kleinen Anstrengung, nicht etwa, um alles zu verstehen, sondern um die unsichtbare Mauer niederzureißen, die sich zwischen ihnen erhob.

Es galt, das richtige Wort zu finden, dann würde sie einfach als Mensch vor ihm stehen.

»Ist der *andere* am Freitagnachmittag hiergewesen?«

Er erzielte immerhin ein Ergebnis, denn sie zuckte zusammen.

»Welcher andere?« fragte sie schließlich widerwillig.

»Ihr Liebhaber. Der wahre.«

Sie hatte gleichgültig erscheinen, keine Fragen stellen wollen, aber nun mußte sie nachgeben.

»Wer?«

»Ein rothaariger Mann mittleren Alters, mit Blatternarben im Gesicht, der den Vornamen Dieudonné hat.«

Sie hatte sich wieder völlig verschlossen. Aus ihren Zügen war nichts mehr herauszulesen. Überdies hielt draußen ein Auto, dem Moers und drei andere Männer mit ihren Apparaten entstiegen.

Abermals ging Maigret hin und schloß die Tür auf. Gewiß, er hatte nichts erreicht. Doch er glaubte nicht, die Zeit vertan zu haben, die er allein mit ihr verbracht hatte.

»Was soll durchsucht werden, Chef?«

»Alles. Zuerst die Küche, dann die beiden Zimmer und die Toilette im Obergeschoß. Außerdem der Hof und schließlich der Keller, der sich unter dieser Falltür befinden muß.«

»Glauben Sie, daß der Mann hier ermordet und zerstückelt worden ist?«

»Möglicherweise.«

»Und dieser Koffer?«

»Untersuch ihn, ebenso seinen Inhalt.«

»Damit sind wir den ganzen Nachmittag beschäftigt. Bleiben Sie hier?«

»Ich glaube nicht, aber ich werde wohl bald wieder vorbeikommen.«

Er betrat die Telefonkabine, rief Judel im Polizeirevier gegenüber an und gab ihm Anweisung, das Haus weiterhin zu überwachen.

»Sie begleiten mich am besten«, verkündete er darauf Madame Calas.

»Soll ich was zum Anziehen und Toilettengegenstände mitnehmen?«

»Das wäre vielleicht ratsam.«

Als sie durch die Küche ging, verweilte sie zu einem langen Schluck aus der Flasche. Dann hörte man sie in dem Schlafzimmer im Obergeschoß hin und her gehen.

»Haben Sie keine Angst, sie allein zu lassen, Chef?«

Maigret zuckte die Achseln. Wenn es Spuren zu verwischen gab, kompromittierende Dinge zu beseitigen waren, dann hätte man das längst besorgen müssen.

Dennoch war er überrascht, daß sie so lange fortblieb. Man hörte weiterhin ihre Schritte, die Geräusche eines Wasserhahns und von Schubfächern, die aufgezogen und geschlossen wurden.

In der Küche blieb sie abermals stehen, und vermutlich sagte sie sich, daß dies der letzte Kognak sein würde, der ihr für lange Zeit zu trinken vergönnt sei.

Als sie endlich erschien, sahen die drei Männer sie mit dem gleichen Erstaunen an, in das sich bei Maigret eine Spur von Bewunderung mischte.

In weniger als zwanzig Minuten war es ihr gelungen, eine fast vollständige Veränderung ihrer Person vorzunehmen. Sie trug nun ein schwarzes Kleid und einen schwarzen Mantel, die ihr Eleganz verliehen. Und da sie frisch frisiert war und einen Hut aufhatte, hätte man sagen können, auch ihre Gesichtszüge hätten sich gestrafft, ihr Schritt sei sicherer, ihre Haltung fester und nahezu stolz geworden.

Rechnete sie mit der Wirkung, die sie hervorrief? War dabei eine gewisse Koketterie im Spiel? Sie lächelte nicht, schien sich über die Verwunderung der Männer nicht zu amüsieren, beschränkte sich darauf, nachdem sie sich überzeugt hatte, daß in ihrer Handtasche nichts fehlte, leise zu sagen, als sie ihre Handschuhe überstreifte:

»Ich bin bereit.«

Sie strömte einen unerwarteten Geruch von Kölnisch Wasser und Kognak aus. Sie hatte sich das Gesicht gepudert und sich leicht die Lippen geschminkt.

»Nehmen Sie keinen Koffer mit?«

Wie aus Trotz verneinte sie es. Hieß das nicht, wenn sie Wäsche und Kleidung zum Wechseln mitnähme, daß sie sich schuldig bekennen würde? Zumindest hätte es bedeutet, daß man Gründe haben könne, sie festzuhalten.

»Bis gleich!« rief Maigret Moers und dessen Mitarbeitern zu.

»Nehmen Sie den Wagen?«

»Nein. Ich werde schon ein Taxi finden.«

Es war ein seltsames Gefühl für ihn, neben ihr im gleichen Schritt im hellen Sonnenschein über den Bürgersteig zu marschieren.

»Ich nehme an, wenn wir zur Rue des Récollets hinuntergehen, haben wir am ehesten Aussicht, ein Taxi zu kriegen.«

»Vermutlich.«

»Ich möchte Sie gern etwas fragen.«

»Sie haben sich ja bisher nicht geniert.«

»Wie lange ist es her, daß Sie sich so wie jetzt gekleidet haben?«

Sie machte sich die Mühe, nachzudenken.

»Mindestens vier Jahre«, sagte sie schließlich. »Warum fragen Sie mich das?«

»Nur mal so.«

Wozu hätte er es ihr sagen sollen, sie wußte es doch ebensogut wie er.

Er fand gerade noch Zeit, den Arm zu heben, um ein Taxi anzuhalten, das sie überholte, und er öffnete seiner Begleiterin die Wagentür, ließ ihr beim Einsteigen den Vortritt.

6

Die Bindfadenreste

In Wahrheit wußte er noch nicht, was er mit ihr anfangen sollte. Bei einem anderen Untersuchungsrichter hätte er wahrscheinlich nicht so gehandelt, wie er es bisher getan hatte, sondern hätte einiges riskiert. In der Zusammenarbeit mit Coméliau war das gefährlich. Der Richter war nicht nur ein Kleinigkeitskrämer, peinlich auf die Form bedacht, in steter Sorge um die öffentliche Meinung und die Reaktionen der Regierung, er war obendrein Maigrets Methoden gegenüber immer mißtrauisch gewesen, die er nicht orthodox genug fand, und mehrmals waren die beiden Männer in den vergangenen Jahren aneinandergeraten.

Der Kommissar wußte, daß der Richter ein Auge auf ihn hatte und bereit war, ihm bei dem geringsten Irrtum oder der kleinsten Unvorsichtigkeit die Verantwortung zuzuschieben.

Er hätte es bei weitem vorgezogen, Madame Calas am Quai de Valmy zu lassen, bis er sich eine klarere Vorstellung von ihrem Charakter und der Rolle gebildet hatte, die sie gespielt haben könnte. Er hätte einen, zwei seiner Männer in der Nähe des Bistros als Wache aufgestellt. Aber hatte der Polizist Judels den jungen Antoine daran hindern können, aus dem Wohnhaus am Faubourg Saint-Martin zu entkommen? Dabei war Antoine nur ein Junge und verfügte über kaum mehr Intelligenz als ein Dreizehnjähriger. Madame Calas war von anderem Format. Wenn sie an Kiosken vorbeifuhren, konnte er sehen, daß die Zeitungen bereits über die Hausdurchsuchung in dem kleinen Café berichteten. Jedenfalls stand der Name Calas in großen Lettern auf der ersten Seite.

Er stellte sich sein Erscheinen, zum Beispiel am nächsten Morgen, beim Untersuchungsrichter vor, wenn die Zeitungen gemeldet hätten:

Madame Calas verschwunden!

Ohne ihr das Gesicht zuzuwenden, beobachtete er sie aus dem Augenwinkel, und sie schien nicht darauf zu achten. Sie hielt sich auf ihrem Sitz sehr gerade, nicht ohne Würde, und die Art, wie sie die Stadt betrachtete, verriet Neugier.

Seit mindestens vier Jahren hatte sie sich, wie sie eben zugegeben hatte, nicht so gut gekleidet. Sie hatte nicht gesagt, unter welchen Umständen, bei welcher Gelegenheit sie zum letztenmal ihr schwarzes Kleid getragen hatte. Vielleicht war es noch länger her, seit sie nicht ins Stadtzentrum gekommen war und gesehen hatte, wie sich die Menge auf den Boulevards drängte.

Da er Coméliaus wegen nicht nach eigenem Ermessen handeln konnte, war er gezwungen, anders vorzugehen.

Als sie sich dem Quai des Orfèvres näherten, tat er zum erstenmal den Mund auf.

»Ich nehme an, Sie haben mir nichts mitzuteilen?«

Sie schaute ihn leicht überrascht an.

»In welchem Zusammenhang?«

»In bezug auf Ihren Mann.«

Sie zuckte unmerklich die Schultern und sagte:

»Ich habe Calas nicht getötet.«

Sie nannte ihn bei seinem Familiennamen, wie bestimmte Bauersfrauen oder Inhaberinnen kleiner Geschäfte ihren Ehemann gerne rufen. Das verwunderte Maigret, als ob das bei ihr etwas Unnatürliches sei.

»Soll ich in den Hof fahren?« fragte der Chauffeur durch die geöffnete Trennscheibe.

»Ja, bitte.«

Am Fuß der großen Treppe stand der Vicomte mit zwei weiteren Journalisten und Fotografen. Sie hatten von dem Geschehenen Wind bekommen, und jede Mühe war vergeblich, die Gefangene vor ihnen verstecken zu wollen.

»Einen Augenblick, Kommissar . . .«

Dachte sie, Maigret habe diese Leute herbestellt? Sie ging starr aufgerichtet an ihnen vorbei, während die Männer von der Presse Fotos schossen und ihr ins Treppenhaus folgten. Sie mußten auch den jungen Antoine fotografiert haben.

Selbst oben im Flur zögerte Maigret noch, bis er schließlich die Tür zum Büro der Inspektoren öffnete. Lucas war nicht da. Er wandte sich an Janvier.

»Bring sie bitte für ein paar Minuten in ein leerstehendes Zimmer und bleib bei ihr.«

Sie hatte es gehört. Es war stets ein stiller Vorwurf in dem Blick zu lesen, den sie auf dem Kommissar ruhen ließ. Vielleicht war es eher Enttäuschung als ein Vorwurf?

Ohne weitere Worte ging er hinaus und in sein eigenes Büro hinüber, wo Lapointe, der sich die Jacke ausgezogen hatte, auf seinem Platz saß. Dem Fenster gegenüber hielt sich Antoine steif auf einem Stuhl, hatte ein hochrotes Gesicht, als sei ihm zu warm.

Zwischen den beiden stand ein Tablett, das man von der Brasserie Dauphine hatte heraufschicken lassen und auf dem man Reste von belegten Brötchen und zwei Gläser erblickte, in denen noch ein Rest Bier war.

Als Maigrets Blick zuerst auf das Tablett und dann auf Antoine fiel, schien dieser sich zu ärgern, daß er seinem Appetit nachgegeben hatte, denn er hatte sich wahrscheinlich vorgenommen, sie zu »bestrafen«, indem er jede Nahrung verweigerte. Sie waren am Quai diese Haltung gewohnt, und der Kommissar konnte sich ein Lächeln nicht verkneifen.

»Wie läuft's?« fragte er Lapointe.

Mit den Augen gab ihm der Inspektor zu verstehen, daß er zu keinem Ergebnis gelangt war.

»Macht weiter, Kinder!«

Er stieg zu Coméliau hinauf, den er in seinem Büro antraf, als er gerade zum Mittagessen aufbrechen wollte.

»Haben Sie alle beide verhaftet?«

»Der junge Mann ist mit Lapointe in meinem Arbeitszimmer, wo er verhört wird.«

»Hat er ausgesagt?«

»Selbst wenn er etwas weiß, wird er es nicht zugeben, ehe man ihm die Beweise unter die Nase hält.«

»Ist er intelligent?«

»Das nicht gerade. Bei jemandem, der intelligent ist, erreicht man am Ende immer etwas, selbst wenn man ihm nur beweist, daß seine Antworten nicht stichhaltig sind. Ein Dummkopf begnügt sich damit, zu leugnen, trotz aller Offensichtlichkeit.«

»Und die Frau?«

»Ich habe sie bei Janvier gelassen.«

»Werden Sie sie selbst verhören?«

»Jetzt nicht. Dazu weiß ich noch nicht genug.«

»Wann, meinen Sie, wird es soweit sein?«

»Vielleicht heute abend oder morgen oder übermorgen.«

»Und in der Zwischenzeit?«

Maigret wirkte so gefügig, so artig, daß Coméliau sich fragte, was er wohl im Schilde führen könnte.

»Ich bin gekommen, um zu hören, was Sie beschlossen haben.«

»Sie können sie nicht ewig in einem Büro festhalten.«

»Das ist in der Tat schwer. Zumal es sich um eine Frau handelt.«

»Halten Sie es nicht für gescheiter, sie ins Untersuchungsgefängnis zu schicken?«

»Das müssen Sie entscheiden.«

»Sie persönlich würden sie laufen lassen.«

»Ich bin mir nicht sicher, was ich tun würde.«

Mit zusammengezogenen Brauen dachte Coméliau

wütend nach. Schließlich schleuderte er Maigret wie eine Herausforderung entgegen:

»Schicken Sie sie zu mir.«

Warum lächelte der Kommissar, als er sich über den langen Flur entfernte? Malte er sich das Stelldichein zwischen Madame Calas und dem aufgebrachten Richter aus?

Er sah sie an diesem Nachmittag nicht wieder, er ging lediglich ins Büro der Inspektoren und sagte zu Torrence:

»Richter Coméliau wünscht Madame Calas zu sehen. Gib den Auftrag bitte an Janvier weiter.«

Als der Vicomte auf der Treppe versuchte, sich an ihn heranzumachen, schüttelte er ihn mit der Bemerkung ab:

»Gehen Sie doch zu Coméliau. Ich bin sicher, daß er Neuigkeiten für die Presse hat oder bald haben wird.«

Er begab sich zu Fuß zur Brasserie Dauphine, trat an die Bar und trank einen Aperitif. Es war spät. Fast alle waren mit dem Mittagessen fertig. Er nahm den Telefonhörer ab.

»Bist du's?« fragte er seine Frau.

»Kommst du nicht nach Hause?«

»Nein.«

»Du wirst dir hoffentlich Zeit zum Mittagessen nehmen?«

»Ich bin in der Brasserie Dauphine und will es gerade tun.«

»Kommst du zum Abendessen heim?«

»Vielleicht.«

Unter den Gerüchen, von denen die Luft in der Brasserie Dauphine immer geschwängert war, überlagerten zwei alle übrigen: um die Bar herum der Duft nach Pernod, und in Schwaden drang aus der Küche der appetitliche Geruch von Huhn in Weißweinsoße.

Im Speiseraum waren die meisten Tische unbesetzt, nur ein paar Kollegen saßen bei Kaffee und Calvados da. Er zauderte, blieb schließlich stehen und bestellte ein Sandwich. Die Sonne schien so strahlend wie am Morgen, der Himmel war genauso klar, aber ein paar weiße Wolken zogen rasch dahin, und eine Brise hatte sich erhoben, wirbelte den Straßenstaub auf und klebte den Frauen die Röcke an die Beine.

Der Wirt hinter der Theke kannte Maigret gut genug, um zu verstehen, daß jetzt nicht der rechte Moment war, um eine Unterhaltung anzuknüpfen. Der Kommissar aß zerstreut und schaute mit dem gleichen Blick nach draußen, mit dem die Passagiere eines Dampfers das eintönige und fesselnde Gewoge des Meeres betrachten.

»Noch eins?«

Er bejahte, ohne sich vielleicht bewußt zu sein, was man ihn gefragt hatte; er aß aber auch das zweite Sandwich und trank den Kaffee, der vor ihm hingestellt worden war, ohne daß er ihn bestellt hatte.

Wenige Minuten später saß er in einem Taxi, das ihn zum Quai de Valmy brachte und das er an der Ecke der Rue des Récollets halten ließ, gegenüber von der Schleuse, vor der drei Schleppkähne warteten. Trotz des schmutzigen Wassers, auf dem zuweilen wenig appetitliche Luftblasen zerplatzten, starrten wie immer ein paar Angler auf ihre Schwimmer.

Er ging an der gelbgestrichenen Fassade des »Chez Popaul« vorbei, und der Wirt erkannte ihn, wie Maigret sah, durch die Fensterscheibe und machte mit dem Finger eine Gruppe von Gästen auf ihn aufmerksam. Am Straßenrand parkten riesige Lastwagen mit der Firmenbezeichnung »Roulers & Langlois«.

Der Kommissar kam an ein paar kleinen Läden vorüber, wie man sie in allen bevölkerungsstarken Vierteln von Paris findet. Stände mit Gemüse und Obst schoben sich bis zur Mitte des Bürgersteigs vor. Ein Stückchen weiter befand sich eine Metzgerei, in der niemand war, und wenige Schritte vor dem Bistro von Calas gab es einen Kolonialwarenladen, der so finster war, daß man nichts darin erkennen konnte.

Madame Calas mußte ihr Haus wenigstens zum Einkaufen verlassen, und wahrscheinlich kam sie oft in Pantoffeln in diese Geschäfte, um die Schultern das dicke schwarze Wolltuch geschlungen, das er im Lokal an ihr bemerkt hatte.

Judel mußte sich mit diesen Leuten beschäftigt haben. Die Polizei dieses Viertels kannte sie und flößte ihnen eher Vertrauen ein als irgend jemand vom Quai des Orfèvres.

Die Tür der Bar war verschlosssen. Er drückte die Stirn an die Scheibe, sah aber niemanden im Schankraum, nur in der Küche wurde hin und wieder eine Gestalt von einem Sonnenstrahl erfaßt.

Er klopfte, mußte noch zwei- oder dreimal klopfen, bis Moers erschien, ihn erkannte und zur Tür eilte.

»Entschuldigen Sie. Wir machen einigen Lärm. Haben Sie lange warten müssen?«

»Macht nichts.«

Er selbst schloß die Tür hinter sich ab.

»Bist du oft gestört worden?«

»Gäste versuchen hereinzukommen und gehen dann wieder. Andere klopfen an, lassen sich nicht abweisen, fuchteln herum und verlangen, daß ihnen aufgemacht wird.«

Maigret schaute sich um, trat hinter den Schanktisch und suchte nach einer Reklameschreibmappe, wie er sie auf dem Tisch im Schlafzimmer gesehen hatte. Normalerweise gab es in einem Café mehrere solcher Schreibmappen, und es überraschte ihn, keine einzige zu finden, während drei Schachteln mit Dominosteinen, vier oder fünf Würfelunterlagen und ein halbes Dutzend Kartenspiele vorhanden waren.

»Mach weiter«, sagte er zu Moers. »Ich komme gleich noch zu dir.«

Er schlängelte sich zwischen den Apparaten hindurch, die die Techniker in der Küche aufgebaut hatten, stieg zum Obergeschoß hinauf und kam mit der Tinte und der Schreibmappe wieder.

Er setzte sich an einen der Tische in der Gaststube und schrieb in großen Buchstaben:

VORÜBERGEHEND GESCHLOSSEN

Er hatte gezögert, als er das erste Wort hinmalen wollte; vielleicht hatte er an Coméliau gedacht, der zu dieser Stunde Madame Calas gegenübersaß.

»Hast du nicht irgendwo Reißzwecken gesehen?«

Moers antwortete aus der Küche:

»In dem linken Fach unter der Theke.«

Er fand sie und befestigte sein Schild am Fensterkreuz der Tür. Als er sich umdrehte, fühlte er etwas Lebendiges, das um seine Beine strich, und entdeckte die rote Katze, die miauend zu ihm aufschaute.

An die hatte er nicht gedacht. Wenn das Haus für eine gewisse Zeit leerstehen würde, konnte man die Katze nicht darin lassen. Er ging in die Küche, fand Milch in einem Steingutkrug und einen gesprungenen Suppenteller.

»Ich frage mich, wem ich das Tier anvertrauen soll.«

»Meinen Sie nicht, daß sich ein Nachbar darum kümmern wird? Ich habe ein Stück weiter eine Metzgerei gesehen.«

»Ich werde dort mal nachfragen. Was habt ihr bisher gefunden?«

Sie waren dabei, das Haus sorgfältig durchzukämmen und keinen Winkel, keine Schublade unerforscht zu lassen. Moers machte den Anfang, untersuchte zunächst die Gegenstände mit einem Vergrößerungsglas, bediente sich notfalls eines tragbaren Mikroskops, und hinter ihm kamen die Fotografen.

»Wir haben mit dem Hof angefangen, denn dort herrschte am meisten Unordnung. Ich habe auch gedacht, daß man versucht haben könnte, hinter all den Abfällen etwas zu verstecken.«

»Die Mülltonnen werden vermutlich seit Sonntag geleert worden sein.«

»Am Montagmorgen. Wir haben sie trotzdem untersucht, zum Beispiel auf Blutspuren hin.«

»Nichts?«

»Nichts«, wiederholte Moers mit leichtem Zögern.

Das bedeutete, daß er eine Idee hatte, aber seiner Sache noch nicht sicher war.

»Was ist?«

»Ich weiß nicht, Chef. Nur ein Eindruck. Wir haben alle vier den gleichen. Wir sprachen gerade darüber, als Sie kamen.«

»Raus damit.«

»Was zumindest den Hof und die Küche betrifft, so ist da etwas merkwürdig. Wir befinden uns hier nicht in der Art von Häusern, in denen man eine peinliche Sauberkeit erwarten kann. Ein Blick in die Schubladen genügt, um festzustellen, daß eher eine gewisse Schlampigkeit vorherrscht. Die Leute haben die Angewohnheit, alles hineinzustopfen, wie es gerade kommt, und das meiste ist mit Staub bedeckt.«

Maigret, der sich umschaute, glaubte verstanden zu haben und zeigte Interesse.

»Fahr fort.«

»Neben dem Ausguß haben wir Geschirr gefunden, das seit drei Tagen unabgewaschen da steht, und Töpfe, die seit Sonntag nicht gereinigt worden sind. Man kann annehmen, daß das eine Angewohnheit war, es sei denn, die Frau hat den Haushalt während der Abwesenheit des Mannes vernachlässigt.«

Moers hatte recht. Die Unordnung – und selbst eine gewisse Unsauberkeit – mußten hier üblich sein.

»Logischerweise hätten wir überall ein bißchen fünf oder zehn Tage alten Schmutz finden müssen. Und tatsächlich entdeckten wir in einigen Schubladen und Ecken noch weit älteren. Dagegen scheint an allen anderen Stellen vor kurzem eine gründliche Reinigung vorgenommen worden zu sein, und Sambois hat im Hof zwei Flaschen mit Eau de Javel aufgestöbert, von denen zumindest die eine, die leer ist, erst kürzlich gekauft worden ist, wie man aus dem Zustand des Etiketts schließen kann.«

»Wann, meinst du, hat dieses Saubermachen stattgefunden?«

»Vor drei oder vier Tagen. Genauere Angaben liefere ich Ihnen in meinem Bericht. Vorher muß ich eine Reihe von Analysen in meinem Labor durchführen.«

»Fingerabdrücke?«

»Sie bestätigen unsere Theorie. In den Schubfächern und in den Schränken haben wir welche gefunden, die Calas gehören.«

»Bist du sicher?«

»Sie entsprechen jedenfalls denen der Leiche, die aus dem Kanal gefischt worden ist.«

Endlich hatte man einen Beweis, daß der zerstükkelte Mann der Wirt des Bistros am Quai de Valmy war.

»Sind diese Abdrücke auch oben anzutreffen?«

»Nicht auf den Möbeln, sondern nur in ihrem Inneren. Dubois hat den ersten Stock im einzelnen noch nicht untersucht, wir befassen uns später genauer damit. Vor allem ist uns aufgefallen, daß kein Stäubchen auf den Möbeln liegt und daß der Fußboden sorgfältig gereinigt worden ist. Was die Bettbezüge betrifft, so sind sie nur drei oder vier Nächte benutzt worden.«

»Hast du irgendwo schmutzige Bettücher gefunden?«

»Ich habe daran gedacht. Nein.«

»Wurde die Wäsche hier im Hause gewaschen?«

»Ich habe keine Waschmaschine und kein Waschfaß entdeckt.«

»Sie haben also die Wäsche in eine Wäscherei gegeben.«

»Das ist nahezu sicher. Aber wenn der Bote der Wäscherei gestern oder vorgestern hier gewesen sein sollte . . .«

»Ich will versuchen, herauszukriegen, um welche Wäscherei es sich handelt.«

Maigret war im Begriff, sich bei einem der Geschäftsleute in der Nachbarschaft zu erkundigen. Moers hielt ihn zurück, zog eine Schublade des Küchenschranks auf.

»Hier haben Sie den Namen.«

Er zeigte ihm einen Stapel Rechnungen, unter denen auch einige der »Blanchisserie des Récollets« waren. Die jüngste war etwa zehn Tage alt.

Maigret ging zur Telefonkabine, wählte die Nummer und fragte, ob in dieser Woche am Quai de Valmy Wäsche abgeholt worden sei.

»Wir holen sie immer donnerstags ab«, wurde ihm geantwortet.

Also war der Lieferant am vergangenen Donnerstag das letzte Mal hiergewesen.

Moers hatte sich mit Recht gewundert. Es konnten seit Donnerstag nicht zwei Menschen im Hause gewohnt haben, ohne Wäsche zu verschmutzen, die man irgendwo hätte finden müssen, zumindest Bettwäsche, da die Bezüge auf dem Bett fast sauber waren.

Maigret kehrte nachdenklich zu den Spezialisten der Spurensicherung zurück.

»Was sagtest du zu den Fingerabdrücken?«

»Bisher haben wir in der Küche drei verschiedene ermittelt, außer denen von Ihnen und Lapointe, die ich auswendig kenne. Zunächst, und das sind die meisten, Abdrücke von weiblichen Fingern. Ich nehme an, es sind die der Wirtin.«

»Das läßt sich leicht überprüfen.«

»Dann die eines Mannes, den ich für recht jung halte. Davon gibt es nur wenige, und das sind die frischesten.«

Wahrscheinlich die von Antoine, dem Madame Calas sicher etwas zu essen gemacht hatte, als er im Laufe der Nacht gekommen war.

»Schließlich zwei Abdrücke von einem anderen Mann, von denen der eine teilweise verwischt ist.«

»Außerdem die Spuren von Calas in den Schubfächern?«

»Ja.«

»Kurz, das sieht so aus, als sei kürzlich, am Sonntag zum Beispiel, das Haus von oben bis unten saubergemacht worden, nur das Innere der Möbel nicht.«

Sie dachten alle an die zerstückelte Leiche, die Stück für Stück aus dem Kanal gezogen worden war.

Die Zerstückelung war nicht auf der Straße und

nicht auf freiem Gelände vorgenommen worden. Das hatte Zeit beansprucht, denn jedes Stück war sorgfältig in Zeitungspapier eingepackt und verschnürt worden.

In was für einem Zustand befand sich ein Raum, in dem eine solche Arbeit gemacht worden war?

Maigret bedauerte jetzt weniger, Madame Calas den wütenden Angriffen des Richters Coméliau ausgeliefert zu haben.

»Bist du im Keller gewesen?«

»Wir haben uns alles erst einmal angesehen. Im Keller befindet sich auf den ersten Blick nichts Ungewöhnliches, aber auch mit ihm werden wir uns noch befassen.«

Er ließ sie weiterarbeiten, und eine Weile ging er in der Gaststube auf und ab, wobei die rote Katze ihm auf Schritt und Tritt folgte. Die Sonne warf ihr Licht auf die im Regal aufgereihten Flaschen und rief zarte Reflexe auf einer Ecke der Theke hervor. Als er an dem großen Ofen vorbeikam, glaubte er, das Feuer sei erloschen, er öffnete die Klappe, fand noch glühende Asche und schüttete mechanisch Kohlen auf.

Danach trat er hinter den Schanktisch, betrachtete zögernd die Flaschen, wählte den Calvados aus und schenkte sich ein Glas ein. Die Schublade der Kasse vor ihm stand halb offen, es waren ein paar Scheine und Kleingeld darin. Rechts an der Wand neben dem Fenster war eine Preisliste ausgehängt.

Er nahm soviel Geld aus der Tasche, wie ein Calvados kostete, legte die Münzen in die Schublade und zuckte zusammen, als sei er bei etwas Unrechtem ertappt worden, denn er sah, daß sich hinter der Fensterscheibe eine Gestalt abzeichnete. Es war Inspektor Judel, der sich bemühte, ins Innere zu schauen.

Maigret öffnete ihm.

»Ich dachte mir schon, daß ich Sie hier finden würde, Chef. Ich habe am Quai angerufen, und man teilte mir mit, daß man nicht wisse, wo Sie sind.«

Judel blickte leicht überrascht um sich, vermutlich suchte er Madame Calas.

»Stimmt es, daß Sie sie verhaftet haben?«

»Sie ist bei Richter Coméliau.«

Judel deutete mit dem Kinn zur Küche, wo er die Spezialisten erkannte.

»Haben sie etwas entdeckt?«

»Es ist noch zu früh, darüber etwas zu sagen.«

Und vor allem zu umständlich, es zu erklären. Maigret hatte nicht den Mut dazu.

»Ich bin froh, daß ich Sie getroffen habe, denn ich wollte nicht ohne Ihre Anweisung vorgehen. Ich glaube, wir haben den Rothaarigen ausfindig gemacht.«

»Wo ist er?«

»Wenn meine Auskünfte stimmen, nur ein paar Schritte von hier. Sofern er in dieser Woche keine Nachtschicht hat. Er ist als Lagerverwalter bei der Transportgesellschaft »Zénith« beschäftigt, dem Unternehmen, das . . .«

»Rue des Récollets. Ich weiß. Roulers & Langlois.«

»Ich dachte, Sie würden lieber selbst nachfragen. . .«

Aus der Küche erklang Moers' Stimme.

»Haben Sie einen Augenblick Zeit, Chef?«

Maigret begab sich in den Hintergrund des Lokals. Das schwarze Umschlagtuch von Madame Calas lag auf dem Küchentisch, und Moers, der es zuerst mit der Lupe untersucht hatte, stellte nun sein Mikroskop ein.

»Wollen Sie mal einen Blick darauf werfen?«

»Was soll ich sehen?«

»Bemerken Sie auf dem Schwarz der Wolle bräunliche Striche, die Reisigzweigen ähneln? In Wirklichkeit ist es Hanf. Die Analyse wird es bestätigen, aber ich bin jetzt schon sicher. Es sind mit bloßem Auge kaum erkennbare kleine Fasern, die sich von einem Stück Bindfaden gelöst haben.«

»Von der gleichen Sorte Bindfaden, der . . .«

Maigret spielte auf den Bindfaden an, der dazu gedient hatte, die Überreste des zerstückelten Mannes zu verschnüren.

»Ich möchte es fast schwören. Madame Calas dürfte nicht gerade häufig Pakete packen. Wir haben kein Stückchen Strick dieser Art im Hause gefunden. Es liegen zwar Bindfadenreste in einer Schublade, aber die sind entweder dünner oder aus Kunstfaser oder es ist rote Schnur.«

»Ich danke dir. Ich nehme an, du wirst noch hier sein, wenn ich zurückkomme.«

»Was wollen Sie mit der Katze machen?«

»Die nehme ich mit.«

Die Katze ließ sich anfassen, und Maigret nahm sie unter den Arm, als er das Lokal verließ. Er zögerte, den Kolonialwarenladen zu betreten, und sagte sich, daß das Tier bei einem Metzger besser aufgehoben sei.

»Ist das nicht die Katze von Madame Calas?« fragte ihn die Metzgerin, als er an den Ladentisch herantrat.

»Doch. Würde es Ihnen etwas ausmachen, sie für ein paar Tage zu behalten?«

»Solange sie sich nicht mit meinen streitet ...«

»Ist Madame Calas Ihre Kundin?«

»Sie kommt jeden Morgen vorbei. Ist das tatsächlich ihr Mann, der ...«

Anstatt etwas so Grausiges auszusprechen, wies sie lieber mit einem Blick auf den Kanal.

»Er scheint es zu sein.«

»Was hat man mit ihr gemacht?«

Und da Maigret nach einer ausweichenden Antwort suchte, fuhr sie fort:

»Ich weiß, daß nicht alle meine Ansicht teilen und daß sich viel gegen sie sagen läßt, aber für mich ist sie eine unglückliche Frau, die nicht dafür verantwortlich ist.«

Wenige Minuten später warteten die beiden Männer am Eingang, bis die Lastwagenkolonne es ihnen erlaubte, gefahrlos den großen Hof der Firma »Roulers & Langlois« zu betreten. Zu ihrer Rechten trug ein Glaskasten in schwarzen Buchstaben die Bezeichnung »Büro«. Der Hof war von Rampen umgeben, wie man sie auf Güterbahnhöfen findet und von denen aus Ballen, Säcke und Kisten auf die Lastwagen verladen wurden. Es herrschte ein ständiges, rücksichtsloses Kommen und Gehen und ein ohrenbetäubender Lärm.

»Chef!« rief Judel, als Maigret den Türknauf berührte.

Der Kommissar drehte sich um und sah auf einer der Rampen einen rothaarigen Mann stehen, der in der einen Hand ein schmales Verzeichnis, in der anderen einen Bleistift hielt und zu ihnen hinüberstarrte. Er war mittelgroß und trug einen grauen Kittel. Er hatte breite Schultern, und seine helle, gerötete Gesichtshaut war mit Narben gesprenkelt, die die Blattern hinterlassen hatten, so daß sie an eine Apfelsinenschale erinnerte.

Männer, die Ballen schleppten, gingen an ihm vorbei, riefen einen Namen, eine Nummer, dann den Namen einer Stadt oder eines Dorfes, doch er schien sie nicht mehr wahrzunehmen, seine blauen Augen blieben auf Maigret geheftet.

»Lassen Sie ihn nicht entwischen«, befahl er Judel.

Er betrat das Büro, wo ihn ein junges Mädchen fragte, was er wünsche.

»Ist einer der Chefs da?«

Sie brauchte nicht zu antworten, denn ein Herr mit kurzgeschorenem grauem Haar kam mit fragender Miene auf ihn zu.

»Sind Sie einer der Firmenleiter?«

»Joseph Langlois. Mir scheint, als hätte ich Sie schon irgendwo gesehen?«

Sicher hatte er Maigrets Foto in den Zeitungen gesehen. Der Kommissar stellte sich vor, und Langlois wartete mit mißtrauischer Miene auf das, was nun folgen würde.

»Wer ist der rothaarige Mitarbeiter, den ich eben auf der anderen Seite des Hofs gesehen habe?«

»Was wollen Sie von ihm?«

»Das weiß ich noch nicht. Wer ist das?«

»Dieudonné Pape, der seit fünfundzwanzig Jahren bei mir arbeitet. Es sollte mich wundern, wenn Sie ihm etwas vorzuwerfen hätten.«

»Verheiratet?«

»Er ist seit Jahren Witwer. Ja, ich glaube, daß er schon zwei oder drei Jahre nach seiner Heirat verwitwet ist.«

»Lebt er allein?«

»Vermutlich. Sein Privatleben geht mich nichts an.«

»Haben Sie seine Adresse?«

»Er wohnt in der Rue des Ecluses-Saint-Martin, ein paar Schritte von hier. Wissen Sie die Nummer, Mademoiselle Berthe?«

»Sechsundfünfzig.«

»Arbeitet er ganztags?«

»Er schafft seine acht Stunden wie jeder andere, aber nicht unbedingt tagsüber. Das Auslieferungslager ist Tag und Nacht in Betrieb, die Lastwagen werden ununterbrochen be- und entladen. Das zwingt uns, in drei Schichten zu arbeiten, deren Arbeitszeit sich jede Woche ändert.«

»In welcher Schicht hat er in der letzten Woche gearbeitet?«

Langlois wandte sich an das junge Mädchen, das er mit Mademoiselle Berthe angeredet hatte.

»Wollen Sie mal nachsehen?«

Sie schaute in einem Aktenordner nach.

»In der Frühschicht.«

Der Chef erläuterte:

»Das heißt, daß er seinen Dienst um sechs Uhr

morgens angetreten und nachmittags um zwei beendet hat.«

»Ist Ihr Lager auch sonntags geöffnet?«

»Dann sind nur zwei oder drei Wächter da.«

»War er letzten Sonntag dabei?«

Wieder sah das junge Mädchen in seinen Unterlagen nach.

»Nein.«

»Bis wann muß er heute arbeiten?«

»Er gehört zur zweiten Schicht. Er hat also ab zehn Uhr abends frei.«

»Könnten Sie ihn nicht ablösen lassen?«

»Ist es nicht möglich, daß Sie mir sagen, was Sie von ihm wollen?«

»Ich bedaure.«

»Ist es wichtig?«

»Wahrscheinlich sehr wichtig.«

»Weswegen verdächtigen Sie ihn?«

»Darauf möchte ich lieber nicht antworten.«

»Was Sie auch vorhaben, ich sage Ihnen besser gleich, daß Sie auf einer falschen Fährte sind. Wenn ich lauter Angestellte hätte wie ihn, dann brauchte ich mir keine Sorgen zu machen.«

Er war unzufrieden. Ohne Maigret mitzuteilen, was er beabsichtigte, und ohne den Kommissar zum Mitkommen aufzufordern, verließ er das verglaste Büro, ging um den Hof herum und näherte sich Dieudonné Pape.

Der verzog keine Miene, während sein Chef mit ihm sprach, und beschränkte sich darauf, zu dem Glaskasten herüberzustarren. Langlois hatte sich zu den Lagerräumen umgedreht und schien jemanden zu rufen, und tatsächlich erschien sogleich ein kleiner Alter, ebenfalls im Kittel, einen Bleistift hinterm Ohr. Sie wechselten ein paar Worte, und der gerade Gekommene nahm aus der Hand des Rothaarigen das schmale Verzeichnis entgegen, worauf dieser seinem Chef um den Hof herum folgte.

Maigret hatte sich nicht gerührt. Die beiden Männer kamen herein, und Langlois verkündete laut:

»Da ist ein Kommissar von der Kriminalpolizei, der Sie sprechen möchte. Er scheint Sie zu brauchen.«

»Ich möchte Sie um ein paar Auskünfte bitten, Monsieur Pape. Wenn Sie mitkommen wollen . . .«

Dieudonné Pape deutete auf seinen Kittel.

»Kann ich mich umziehen?«

»Ich gehe mit Ihnen.«

Langlois sagte dem Kommissar nicht auf Wiedersehen, der dem Lagerverwalter zu einer Art Flur folgte, der in eine Garderobe umgewandelt worden war. Pape stellte keinerlei Fragen. Er mußte die Fünfzig überschritten haben und wirkte ruhig und gewissenhaft. Er zog seinen Mantel an, setzte seinen Hut auf und ging der Straße zu, während Judel an seiner rechten Seite schritt und Maigret zu seiner Linken.

Er schien überrascht, daß draußen kein Wagen stand, als sei er darauf gefaßt gewesen, daß man ihn gleich zum Quai des Orfèvres bringe. Als er an der Ecke der Straße, gegenüber der Bar mit der gelben Fassade, nach links geführt wurde statt in Richtung des Stadtzentrums, machte er den Mund auf, um etwas zu sagen, hielt aber rechtzeitig inne.

Judel hatte begriffen, daß Maigret sie zum Bistro von Calas führte. Die Tür war immer noch verschlossen. Moers öffnete ihnen.

»Treten Sie ein, Pape.«

Maigret schloß hinter ihnen ab.

»Sie kennen sich hier im Haus aus, nicht wahr?«

Der Mann war verwirrt. Selbst wenn er geahnt hatte, daß er von der Polizei verhört würde, so war er jedenfalls überrascht über die Art, wie das geschah.

»Sie können Ihren Mantel ausziehen. Es ist geheizt. Setzen Sie sich an Ihren Platz. Denn ich nehme an, daß Sie einen Stammplatz haben.«

»Ich verstehe nicht.«

»Sie sind ein Vertrauter des Hauses, nicht wahr?«

»Ich bin ein Gast.«

Er versuchte, sich darüber klarzuwerden, was die Männer mit ihren Geräten in der Küche machten, und mußte sich fragen, wo Madame Calas war.

»Ein sehr guter Gast?«

»Ein guter Gast.«

»Sind Sie am Sonntag hier gewesen?«

Er sah aus wie ein anständiger Mensch, in seinen blauen Augen lagen gleichzeitig Sanftmut und Scheu, wie in den Augen mancher Tiere, die sich ständig zu fragen scheinen, warum die Menschen so hart zu ihnen sind.

»Setzen Sie sich.«

Er tat es, eingeschüchtert, weil es ihm befohlen wurde.

»Ich habe Ihnen in bezug auf den Sonntag eine Frage gestellt.«

»Ich bin nicht hier gewesen.«

Er hatte nachgedacht, ehe er antwortete.

»Sind Sie den ganzen Tag zu Hause geblieben?«

»Ich bin zu meiner Schwester gefahren.«

»Wohnt sie in Paris?«

»In Nogent-sur-Marne.«

»Hat sie Telefon?«

»Nogent 317. Ihr Mann ist Bauunternehmer.«

»Haben Sie außer Ihrer Schwester andere Personen getroffen?«

»Ihren Mann, ihre Kinder, dann gegen fünf Uhr einige Nachbarn, die gewöhnlich zum Kartenspielen zu ihr kommen.«

Maigret gab Judel ein Zeichen, der verstand, und ging zur Telefonkabine.

»Wann sind Sie von Nogent weggefahren?«

»Ich habe den Acht-Uhr-Bus genommen.«

»Sie sind auf dem Heimweg nicht hier vorbeigekommen?«

»Nein.«

»Wann haben Sie Madame Calas zum letztenmal gesehen?«

»Am Samstag.«

»Welche Schicht hatten Sie die letzte Woche?«

»Die Frühschicht.«

»Also sind Sie nach vierzehn Uhr hierher gekommen?«

»Ja.«

»War Calas da?«

Er mußte wieder nachdenken.

»Nicht, als ich gekommen bin.«

»Aber er ist zurückgekehrt?«

»Ich erinnere mich nicht.«

»Sind Sie lange im Lokal geblieben?«

»Ziemlich lange.«

»Das heißt?«

»Gut zwei Stunden. Ich weiß es nicht genau.«

»Was haben Sie gemacht?«

»Ich habe etwas getrunken und mich dabei unterhalten.«

»Mit den Gästen?«

»Vor allem mit Aline.«

Er wurde rot, als er den Namen aussprach, und beeilte sich, zu erklären:

»Ich betrachte sie als Freundin. Wir kennen uns schon lange.«

»Wie viele Jahre?«

»Mehr als zehn.«

»Sie kommen also seit mehr als zehn Jahren täglich hierher?«

»Fast jeden Tag.«

»Vorzugsweise, wenn der Ehemann nicht da ist?«

Diesmal antwortete er nicht, sondern senkte sorgenvoll den Kopf.

»Sie sind ihr Liebhaber?«

»Wer hat Ihnen das gesagt?«

»Das spielt keine Rolle. Sind Sie es?«

Anstatt zu antworten, fragte er beunruhigt:

»Was haben Sie mit ihr gemacht?«

Und Maigret erwiderte freimütig:

»Sie ist im Augenblick beim Untersuchungsrichter.«

»Warum?«

»Um ein paar Fragen im Zusammenhang mit dem Verschwinden ihres Mannes zu beantworten. Haben Sie die Zeitung nicht gelesen?«

Da Dieudonné unbeweglich sitzen blieb und mit verlorenem Blick nachdachte, rief Maigret:

»Moers! Nimmst du ihm mal die Fingerabdrücke ab?«

Der Mann ließ es geschehen, wobei er eher argwöhnisch als erschrocken wirkte, und als seine Finger auf das Papier gedrückt wurden, zitterten sie nicht.

»Vergleich sie.«

»Mit welchen?«

»Mit denen aus der Küche, die teilweise verwischt sind.«

Als Moers sich entfernte, sagte Dieudonné Pape ruhig und in vorwurfsvollem Ton:

»Wenn Sie das tun, um herauszukriegen, daß ich in der Küche war, dann hätten Sie mich bloß zu fragen brauchen. Ich gehe oft hinein.«

»Sind Sie letzten Samstag drin gewesen?«

»Ich habe mir eine Tasse Kaffee gemacht.«

»Sie wissen nichts vom Verschwinden von Omer Calas?«

Er schien nach wie vor nachdenklich, wie jemand, der zögert, eine lebenswichtige Entscheidung zu treffen.

»Es ist Ihnen nicht bekannt, daß er ermordet worden ist und daß man seine Leiche zerstückelt und in den Kanal geworfen hat?«

Es war recht eindrucksvoll. Weder Judel noch Maigret hatten damit gerechnet. Langsam wendete der Mann seinen Blick dem Kommissar entgegen, dessen Gesichtszüge er zu erforschen schien, und sagte schließlich mit der gleichbleibend sanften Stimme, in der ein Vorwurf mitschwang:

»Ich habe nichts auszusagen.«

Maigret drang weiter in ihn, ebenso ernst wie sein Gesprächspartner:

»Haben Sie Calas getötet?«

Und Dieudonné Pape wiederholte kopfschüttelnd:

»Ich habe nichts auszusagen.«

7

Die Katze von Madame Calas

Maigret war dabei, seinen Nachtisch zu essen, als er sich der Art und Weise bewußt wurde, wie seine Frau ihn beobachtete, auf deren Lippen ein leicht spöttisches und zugleich mütterliches Lächeln spielte. Anfangs tat er so, als merke er es nicht, senkte die Nase über seinen Teller, aß noch ein paar Löffel von der Eiersüßspeise, ehe er aufblickte.

»Habe ich einen Fleck auf der Nasenspitze?« fragte er schließlich brummelnd.

»Nein.«

»Warum lachst du dann über mich?«

»Ich lache nicht. Ich lächle.«

»Mit einer Miene, als würdest du dich lustigmachen über mich. Was ist denn so komisch an mir?«

»Du bist nicht komisch, Jules.«

Es geschah selten, daß sie ihn so nannte, und das kam nur vor, wenn sie gerührt war.

»Was soll also mit mir sein?«

»Ist dir klar, daß du kein einziges Wort gesagt hast, seit du bei Tisch sitzt?«

Nein, das hatte er nicht gemerkt.

»Weißt du überhaupt, was du gegessen hast?«

Er stellte sich brummig und antwortete:

»Lammnieren.«

»Und vorher?«

»Suppe.«

»Was für eine?«

»Weiß ich nicht. Sicher Gemüsesuppe.«

»Ist es diese Frau, die dir soviel zu schaffen macht?«

Meistens, und das war auch diesmal so, wußte Madame Maigret von den Fällen, mit denen ihr Mann beschäftigt war, nur das, was sie in den Zeitungen las.

»Du glaubst nicht, daß sie ihn getötet hat?«

Er zuckte die Achseln wie jemand, der eine fixe Idee abzuschütteln versucht.

»Ich habe keine Ahnung.«

»Oder daß Dieudonné es getan hat und sie seine Komplizin ist?«

Er hätte ihr am liebsten geantwortet, das sei völlig unwichtig. Und tatsächlich stand das in seinen Augen nicht zur Diskussion. Von Bedeutung war lediglich, das alles zu verstehen. Aber noch war es so, daß er die Sache nicht verstand, sondern um so mehr im dunkeln tappte, je besser er die Beteiligten kennenlernte.

Wenn er zum Abendessen nach Hause gegangen war, anstatt sich weiterhin seiner Ermittlung zu widmen, dann hatte er es getan, um eben auf andere Gedanken zu kommen, um in den gewöhnlichen Alltag zurückzukehren, um gleichsam die Hauptdarsteller der Tragödie vom Quai de Valmy unter einem anderen Gesichtswinkel sehen zu können.

Statt dessen hatte er, wie es ihm seine Frau spöttelnd bewußt machte, zu Abend gegessen, ohne ein Wort zu sagen, ohne einen Augenblick aufzuhören, an Madame Calas, an Pape und gelegentlich an den jungen Antoine zu denken.

Es kam selten vor, daß er sich der Lösung eines Problems so fern fühlte oder, genauer ausgedrückt, daß sich ihm ein Problem in dieser so wenig technischen Form darbot.

Es gibt nicht sehr viele Arten von Verbrechen. Im großen und ganzen kann man sie normalerweise in drei oder vier große Kategorien einteilen.

Die Berufsverbrechen erfordern lediglich Routinefragen. Wenn ein übler Typ von der Bande der Korsen in einer Bar der Rue de Douai ein Bandenmitglied der Marseiller umlegt, dann bedeutet das für den Quai des Orfèvres gewissermaßen eine mathematische Aufgabe, die mit Hilfe der bewährten Routine gelöst wird.

Wenn ein oder zwei irregeleitete Jugendliche die Inhaberin eines Tabakladens oder den Kassenboten einer Bank überfallen, so führt das zu einer Menschenjagd, die ebenfalls nach bestimmten Regeln abläuft.

Bei einem Triebverbrechen weiß man gleich, woran man ist.

Bei einem Verbrechen aus Gewinnsucht schließlich, ob es nun um eine Erbschaft, eine Lebensversicherung oder einen komplizierteren Plan geht, sich das Geld des Opfers anzueignen, bewegt man sich auf sicherem Boden, sobald man das Tatmotiv herausgefunden hat.

Und auf diesem Gelände agierte im vorliegenden Fall Richter Coméliau, vielleicht, weil er nicht zugeben konnte, daß Menschen, die einer anderen Welt als seiner eigenen angehörten, und am allerwenigsten Anwohner des Quai de Valmy, ein kompliziertes Innenleben haben könnten.

Da Dieudonné der Liebhaber von Madame Calas war, hatten Dieudonné Pape und Madame Calas sich des Ehemanns entledigt, sowohl um frei zu sein, wie um sich seines Geldes zu bemächtigen.

»Sie sind seit mehr als zehn Jahren ein Liebespaar«, hatte Maigret entgegnet. »Warum sollten sie die ganze Zeit gewartet haben?«

Der Richter tat den Einwand mit einer Handbewegung ab. Calas konnte eine große Summe eingenommen haben, oder das Liebespaar hatte eine günstige Gelegenheit abgewartet, oder Madame Calas und ihr Mann hatten sich gestritten, und Madame Calas hatte entschieden, nun habe sie die Nase voll. Oder ...

»Und wenn wir feststellen, daß Calas, abgesehen von seinem Bistro, das nicht viel wert ist, kein Geld besessen hat?«

»Dann bleibt das Lokal. Dieudonné hat die Arbeit bei der Transportgesellschaft ›Zénith‹ satt gehabt und beschlossen, den Rest seiner Tage in Pantoffeln in der warmen Atmosphäre eines kleinen Cafés zu verbringen.«

Das war der einzige Einwand, der Maigret ein bißchen unsicher gemacht hatte.

»Und Antoine Cristin?«

Jetzt hatte der Richter nämlich zwei Tatverdächtige auf dem Hals anstatt nur einen. Auch Cristin war ein Liebhaber von Madame Calas, und er brauchte wahrscheinlich das Geld nötiger als Pape.

»Die beiden anderen haben sich seiner bedient. Sie werden sehen, wir bekommen heraus, daß er ihr Komplize war.«

Das war also aus der Geschichte auf ihrem Weg vom Quai de Valmy in das Büro eines Untersuchungsrichters geworden! Und bis die Wahrheit ans Licht kam, saßen alle drei hinter Schloß und Riegel.

Maigret war um so mürrischer und um so ärgerlicher über sich selbst, weil er nicht versucht hatte, sich Coméliau zu widersetzen, weil er aus Bequemlichkeit, aus Angst vor Verwicklungen sofort nachgegeben hatte.

Vom Beginn seiner Laufbahn an hatte er von seinen älteren Kollegen und dann durch eigene Erfahrung gelernt, daß man nie einen Verdächtigen auf Herz und Nieren prüfen darf, ohne sich eine klare Vorstellung von dem Fall gemacht zu haben. Ein Verhör besteht nicht darin, daß man aufs Geratewohl Hypothesen aufstellt und jemandem immer wieder sagt, er sei schuldig, wobei man hofft, daß er schon gestehen werde, nachdem man ihn gehörig bearbeitet hat.

Selbst der bornierteste Angeklagte verfügt gleichsam über einen sechsten Sinn und spürt sofort, ob die Polizei etwas ins Blaue hinein behauptet oder ob sie auf solider Grundlage vorgeht.

Maigret hatte es stets vorgezogen zu warten. Es kam sogar vor, daß er es in schwierigen Fällen, wenn er sich selbst nicht sicher fühlte, für richtiger erachtete, den Verdächtigen so lange wie angängig auf freiem Fuß zu lassen, auch auf die Gefahr hin, ein gewisses Risiko einzugehen.

Damit hatte er immer Erfolg gehabt.

»Ein Verdächtiger, den man verhaftet«, pflegte er gern zu sagen, »empfindet entgegen jeder Annahme eine gewisse Erleichterung, denn er weiß dann, auf welchem Gelände er sich befindet. Er braucht sich nicht mehr zu fragen, ob man ihn verfolgt, ob man ihn belauert, ob man ihn verdächtigt oder ob man dabei ist, ihm eine Falle zu stellen. Man klagt ihn an. Also verteidigt er sich. Und er genießt fortan den Schutz des Gesetzes. Im Gefängnis wird er zu einem beinahe geheiligten Wesen, und alles, was man gegen ihn unternimmt, vollzieht sich nach einer Anzahl genau festgelegter Regeln.«

Aline Calas hatte das deutlich bewiesen. Sobald sie im Zimmer des Richters gewesen war, hatte sie den Mund sozusagen nicht mehr aufgemacht. Coméliau hatte aus ihr nicht mehr herausgekriegt als etwa aus einem der Steine, die die Gebrüder Naud transportierten.

»Ich habe nichts auszusagen«, erklärte sie lediglich in gleichmütigem Ton.

Und da er sie mit Fragen bestürmte, hatte sie hinzugefügt:

»Sie haben kein Recht, mich ohne die Anwesenheit eines Anwalts zu vernehmen.«

»Dann nennen Sie mir den Namen Ihres Anwalts.«

»Ich habe keinen.«

»Hier ist die Liste der in Paris zugelassenen Rechtsanwälte. Suchen Sie sich einen aus.«

»Ich kenne keinen.«

»Nehmen Sie einen beliebigen.«

»Ich habe kein Geld.«

Man war gezwungen, einen Pflichtverteidiger zu bestimmen, was Formalitäten mit sich brachte und Zeit beanspruchte.

Am späten Nachmittag hatte Coméliau den jungen Antoine heraufkommen lassen, der dem Richter auch nichts weiter mitteilte, nachdem er stundenlang den Fragen Lapointes widerstanden hatte.

»Ich habe Monsieur Calas nicht getötet. Ich bin am Samstagnachmittag nicht am Quai de Valmy gewesen. Ich habe keinen Koffer bei der Gepäckaufbewahrung an der Gare de l'Est aufgegeben. Der Schalterbeamte lügt oder täuscht sich.«

Seine Mutter wartete unterdessen mit geröteten Augen und einem zusammengeknüllten Taschentuch in der Hand im Flur der Kriminalpolizei. Lapointe war zu ihr gegangen und hatte mit ihr gesprochen. Lucas hatte es ebenfalls versucht. Sie bestand darauf, zu warten, und wollte immer wieder Kommissar Maigret sprechen.

Das kam bei einfachen Leuten häufig vor, die sich einbildeten, bei Subalternen nichts zu erreichen, und die um jeden Preis den hohen Chef persönlich sprechen wollten.

Der Kommissar hätte sie zu diesem Zeitpunkt nicht empfangen können, denn er verließ gerade die Bar am Quai de Valmy in Begleitung Judels und Dieudonné Papes.

»Schließ du ab und nimm den Schlüssel mit zum Quai«, hatte er Moers angewiesen.

Alle drei waren dann über den Fußgängersteg hinüber zum Quai de Jemmapes gelangt. Die Rue des Ecluses-Saint-Martin lag nur wenige Schritte entfernt in einem ruhigen, fast provinziell wirkenden Viertel hinter dem Saint-Louis-Krankenhaus. Pape trug keine Handschellen. Maigret war der Ansicht, er sei nicht der Mann, der einen Fluchtversuch unternehmen und plötzlich davonlaufen würde.

Er zeigte sich ruhig und würdevoll, von der gleichen Ruhe, so hätte man sagen können, wie Madame Calas, und er schien weniger niedergeschlagen als traurig, wie in eine Art Schleier der Resignation gehüllt.

Er redete wenig. Wahrscheinlich sprach er nie viel. Er beantwortete die Fragen nur mit den nötigsten Worten und manchmal antwortete er überhaupt nicht, sondern beschränkte sich darauf, den Kommissar mit seinen lavendelblauen Augen anzusehen.

Er wohnte in einem alten fünfstöckigen Mietshaus von recht ansprechendem und kleinbürgerlichem Äußeren. Als sie an der Pförtnerloge vorbeikamen, erhob sich die Concierge, um sie durch die Scheibe zu mustern, doch sie blieben nicht stehen, stiegen in die zweite Etage hinauf, wo Pape die linke Tür öffnete.

Seine Wohnung bestand aus drei Räumen, einem Eßzimmer, einem Schlafzimmer, einer Küche und einer Art Abstellraum, den man zu einem Bad umgebaut hatte und in dem Maigret mit einiger Überraschung eine richtige Badewanne erblickte. Die Möbel waren nicht gerade modern, aber weniger altmodisch als am Quai de Valmy, und alles war von bemerkenswerter Sauberkeit.

»Sie haben eine Putzfrau?« fragte Maigret erstaunt.

»Nein.«

»Sie halten alles selbst sauber?«

Dieudonné konnte sich ein Lächeln der Genugtuung nicht verkneifen, er war stolz auf seine Wohnung.

»Kommt die Concierge nie herauf und hilft Ihnen ein bißchen?«

Oberhalb des Küchenfensters hing ein Fliegenschrank, der mit Lebensmitteln reich gefüllt war.

»Kochen Sie sich auch Ihr Essen selbst?«

»Immer.«

Über der Kommode im Eßzimmer sah man in einem vergoldeten Rahmen ein vergrößertes Foto von Madame Calas, das denen glich, die man in den meisten kleinen Haushalten findet, so daß die Wohnung eine bürgerliche und eheliche Atmosphäre bekam.

Da ihm einfiel, daß es am Quai de Valmy kein einziges Foto gab, fragte Maigret:

»Wie sind Sie denn daran gekommen?«

»Ich habe es mit meinem Apparat aufgenommen und am Boulevard Saint-Martin vergrößern lassen.«

Der Fotoapparat lag in einem Schubfach der Kommode. In einer Ecke des Badezimmers standen auf einem kleinen Tisch Glasschalen und Flaschen, die Produkte zum Entwickeln von Filmen enthielten.

»Fotografieren Sie viel?«

»Ja. Vor allem Landschaften.«

Das stimmte. Als er die Möbel durchsuchte, hatte Maigret einen Stapel von Fotos entdeckt, die die verschiedensten Ecken von Paris und in geringerer Zahl Landschaftsmotive darstellten. Auf vielen konnte man den Kanal und die Seine sehen. Bei den meisten hatte Dieudonné Pape wohl lange warten müssen, um bestimmte, recht erstaunliche Lichteffekte festzuhalten.

»Welchen Anzug trugen Sie, als Sie zu Ihrer Schwester gefahren sind?«

»Den marineblauen.«

Er besaß drei Anzüge, wenn man den mitrechnete, den er anhatte.

»Nehmen Sie die mit«, sagte Maigret zu Judel. »Die Schuhe auch.«

Und als er in einem Weidenkorb schmutzige Wäsche entdeckte, ließ er sie zu dem übrigen legen.

Er hatte einen Kanarienvogel gesehen, der in seinem Bauer herumhüpfte, aber erst, als sie wieder gingen, überlegte er, was aus ihm werden sollte.

»Kennen Sie jemanden, der bereit wäre, für ihn zu sorgen?«

»Ich nehme an, das wird die Concierge gerne tun.«

Maigret nahm den Käfig mit und blieb dann vor der Pförtnerloge stehen, wo er jedoch nicht zu klopfen brauchte.

»Wollen Sie ihn etwa mitnehmen?« rief die Concierge aufgebracht.

Damit meinte sie allerdings nicht den Kanarienvogel, sondern ihren Mieter. Sie hatte Judel erkannt, der aus dem Viertel stammte. Vielleicht hatte sie auch Maigret erkannt. Und sie hatte die Zeitungen gelesen.

»Einen Menschen wie ihn, den besten von der Welt, wie einen Verbrecher zu behandeln!«

Sie war eine ganz kleine Person, dunkelhaarig, schlampig. Ihre Stimme klang schrill. Sie war so wütend, daß man hätte meinen können, sie zerkratze einem gleich das Gesicht.

»Würden Sie wohl den Kanarienvogel eine Zeitlang betreuen?«

Sie riß ihm das Bauer buchstäblich aus der Hand.

»Sie werden schon sehen, was die Mieter und alle Leute aus dem Viertel sagen werden! Und erstmal kommen wir alle Sie im Gefängnis besuchen, Monsieur Dieudonné.«

Frauen aus dem Volk, die über ein gewisses Alter hinaus sind, treiben oft diese Art Kult mit Junggesellen oder Witwern wie Dieudonné Pape, deren geregeltes Leben sie bewundern. Als die drei Männer sich entfernten, stand sie auf dem Bürgersteig, weinte und winkte ihnen zum Abschied hinterher.

Maigret hatte zu Judel gesagt:

»Bringen Sie die Kleider und das Schuhzeug zu Moers. Er weiß, was er damit zu tun hat. Das Haus am Quai de Valmy soll weiterhin überwacht werden.«

Er ordnete diese Überwachung ohne sonderlichen Grund an, sondern eher, um jeden Vorwurf zu vermeiden, den man ihm später machen könnte. Gefügig wartete Dieudonné Pape am Rand des Bürgersteigs, und als kurz darauf die beiden auf der Suche nach einem Taxi am Kanal entlanggingen, paßte er seine Schritte denen Maigrets an.

Im Auto sagte er nichts, und der Kommissar vermied ebenfalls, ihm Fragen zu stellen. Er stopfte seine Pfeife und fragte seinen Begleiter:

»Rauchen Sie Pfeife?«

»Nein.«

»Zigaretten?«

»Ich rauche nicht.«

Dennoch stellte Maigret eine Frage, die jedoch mit dem Tod von Calas in keinem Zusammenhang zu stehen schien.

»Sie trinken auch nicht?«

»Nein.«

Das war eine zusätzliche Ungewöhnlichkeit. Maigret hatte Mühe, das mit dem übrigen in Einklang zu bringen. Madame Calas war Alkoholikerin, und sie hatte bereits vor Jahren zu trinken begonnen, wahrscheinlich schon, bevor sie Pape kennenlernte.

Es ist jedoch selten, daß ein notorischer Trinker die Gegenwart eines Nüchternen erträgt.

Der Kommissar hatte Paare gekannt, die mehr oder weniger dem ähnelten, das Madame Calas und Dieudonné Pape bildeten. In allen Fällen, an die er sich erinnerte, waren Mann und Frau dem Trunk ergeben.

Das alles hatte er unbewußt bei Tisch wiedergekäut, während seine Frau ihn beobachtete, ohne daß er es merkte. Auch an andere Dinge hatte er gedacht.

Zum Beispiel an Antoines Mutter, die er im Flur der Kriminalpolizei angetroffen und mit in sein Büro genommen hatte. Zu der Zeit hatte er Pape bereits Lucas anvertraut, dem er eingeschärft hatte:

»Teil Coméliau mit, daß er hier ist, und wenn der Richter es wünscht, bring ihn zu ihm. Wenn nicht, führst du ihn ins Untersuchungsgefängnis.«

Pape hatte nicht darauf reagiert, war Lucas in eines der Arbeitszimmer gefolgt, während Maigret sich mit der Frau entfernte..

»Ich schwöre Ihnen, Herr Kommissar, daß mein Sohn außerstande ist, sowas zu machen. Er könnte keiner Fliege etwas zuleide tun. Er versucht, sich wie ein Halbstarker zu geben, weil das bei den jungen Leuten heute Mode ist. Ich kenne ihn und weiß, daß er im Grunde ein Kind ist.«

»Ich glaube Ihnen, Madame.«

»Nun, wenn Sie mir glauben, warum geben Sie ihn mir dann nicht wieder? Ich verspreche Ihnen, daß ich ihn abends nicht mehr ausgehen lasse, und ich werde ihn daran hindern, mit Frauen zusammenzutreffen. Wenn ich mir vorstelle, daß die da fast so alt ist wie ich und sich nicht schämt, sich an einem Jungen zu vergreifen, dessen Mutter sie sein könnte! Ich ahnte schon seit einiger Zeit, daß da etwas im Busche war. Als ich sah, daß er sich Brillantine für die Haare kaufte, sich zweimal am Tag die Zähne putzte und sogar Parfüm benutzte, habe ich mir gesagt . . .«

»Haben Sie nur dieses eine Kind?«

»Ja. Und ich ziehe ihn mit besonders großer Sorgfalt auf, weil sein Vater an Schwindsucht gestorben ist. Ich habe alles für ihn getan. Wenn ich ihn nur sehen, mit ihm sprechen könnte! Glauben Sie, daß man mir das verwehren wird, daß man eine Mutter daran hindern kann, ihren Sohn zu sehen?«

Es blieb ihm nichts anderes übrig, als sie zu Coméliau zu schicken. Das war ein bißchen feige, wie er wußte, aber er hatte keine andere Wahl. Sie hatte oben im Flur sicher wieder auf einer Bank warten müssen, und Maigret wußte nicht, ob der Richter sie schließlich empfangen hatte.

Moers war kurz vor sechs zum Quai des Orfèvres zurückgekehrt und hatte ihm den Schlüssel vom Quai de Valmy ausgehändigt, einen dicken altertümlichen Schlüssel, den Maigret nun zusammen mit Papes Wohnungsschlüssel in der Tasche trug.

»Hat Judel dir die Anzüge, die Schuhe und die Wäsche gegeben?«

»Ja. Ich habe alles im Labor. Ich nehme an, ich soll nach Blutspuren suchen?«

»Hauptsächlich, ja. Morgen früh schicke ich dich vielleicht in seine Wohnung.«

»Ich arbeite heute abend weiter, wenn ich einen Happen gegessen habe. Vermutlich eilt es ja.«

Es eilte immer. Je länger man sich mit einem Fall aufhält, desto weniger frisch sind die Spuren und desto mehr Zeit hatten die Leute, auf der Hut zu sein.

»Kommen Sie heute abend vorbei?«

»Ich weiß es nicht. Aber wenn du weggehst, hinterlaß eine Nachricht auf meinem Schreibtisch.«

Als er sich nun erhob und dabei seine Pfeife stopfte wie ein Mensch, der nicht weiß, was er anfangen soll, und da er zögernd auf seinen Sessel blickte, wagte Madame Maigret, den Vorschlag zu machen:

»Wie wäre es, wenn du deinem Geist mal einen Abend lang Ruhe gönntest? Denk nicht mehr an deinen Fall. Lies oder, wenn dir das lieber ist, laß uns ins Kino gehen, dann wirst du morgen früh mit frischen Ideen aufwachen.«

Er warf ihr einen verschmitzten Blick zu.

»Hast du Lust, ins Kino zu gehen?«

»Es läuft ein recht guter Film im ›Moderne‹.«

Sie schenkte ihm seinen Kaffee ein, und wenn er eine Münze zur Hand gehabt hätte, wäre er versucht gewesen, seinen Abend nach Kopf oder Zahl zu gestalten.

Madame Maigret hütete sich, ihn zu drängen, sie ließ ihn den Kaffee in kleinen Schlucken trinken. Er durchmaß mit großen Schritten das Eßzimmer und blieb hin und wieder stehen, um auf den Teppich zu starren.

»Nein!« entschied er endlich.

»Gehst du fort?«

»Ja.«

Bevor er seinen Mantel anzog, goß er sich ein Gläschen Pflaumenschnaps ein.

»Kommst du spät zurück?«

»Ich weiß es nicht. Wahrscheinlich nicht.«

Vielleicht, weil er den Eindruck hatte, daß es nicht weiter wichtig sei, was er jetzt vorhatte, nahm er kein Taxi und rief auch nicht beim Quai des Orfèvres an, um sich einen Dienstwagen schicken zu lassen. Er ging bis zum Métro-Eingang und verließ die Untergrundwelt erst an der Station Château-Landon.

Das Stadtviertel zeigte erneut sein beunruhigendes Nachtgesicht mit Schatten an den Häuserwänden, unbeweglichen Frauen am Rand der Bürgersteige und blaugrünem Licht in den Bars, was ihnen das Aussehen von Aquarien verlieh.

Ein paar Schritte von der Tür des Bistros von Calas entfernt stand ein Mann und stürzte auf Maigret zu, als dieser stehenblieb, und leuchtete ihm mit der Taschenlampe ins Gesicht.

»Oh! Verzeihung, Herr Kommissar. Ich hatte Sie in der Dunkelheit nicht erkannt.«

Es war einer von Judels Leuten.

»Nichts zu melden?«

»Nein. Oder vielmehr doch. Ich weiß nicht, ob es von Interesse ist. Vor ungefähr einer Stunde ist ein Taxi den Quai heraufgekommen und langsamer gefahren, als es bis auf fünfzig Meter heran war. Es ist immer langsamer weitergerollt, bis vor das Haus, aber es hat nicht angehalten.«

»Hast du gesehen, wer drin saß?«

»Eine Frau. Als der Wagen an der Gaslaterne vorbeifuhr, habe ich feststellen können, daß sie jung war, einen grauen Mantel, aber keinen Hut trug. Ein Stück weiter ist das Taxi wieder schneller gefahren und links in die Rue Louis-le-Blanc eingebogen.«

War das Lucette, die Tochter von Madame Calas, die sich versichern wollte, ob ihre Mutter nicht wieder freigelassen worden war? Sie wußte aus den Zeitungen, daß man sie zum Quai des Orfèvres gebracht hatte, doch mehr hatte die Presse bisher nicht verlauten lassen.

»Meinst du, daß sie dich gesehen hat?«

»Wahrscheinlich. Judel hat mir nicht befohlen, mich zu verstecken. Die meiste Zeit bin ich auf und ab gegangen, um mich zu wärmen.«

Eine weitere Hypothese konnte in Betracht gezogen werden. Hatte Lucette Calas nicht die Absicht gehabt, das Haus zu betreten, falls es nicht überwacht wurde? Und was hatte sie in diesem Fall mitnehmen wollen?

Er zuckte die Schultern, zog den Schlüssel aus seiner Tasche und schloß die Tür auf. Er fand den Lichtschalter nicht gleich, den zu bedienen er noch keine Gelegenheit gehabt hatte. Eine einzige Birne flammte auf, und er mußte sich zur Theke begeben, wo er einen anderen Schalter entdeckte, mit dem er die Lampe im Hintergrund des Raums anknipste.

Moers und seine Mitarbeiter hatten alles wieder in Ordnung gebracht, bevor sie fortgegangen waren, so daß in dem kleinen Lokal nichts verändert war, bis auf das Feuer, das inzwischen erloschen war, so daß die Luft sich abgekühlt hatte. Als er sich der Küche zuwandte, zuckte Maigret zusammen, denn neben ihm hatte sich etwas geräuschlos bewegt, und es bedurfte einiger Sekunden, bis er sich bewußt wurde, daß es die Katze war, die er am Nachmittag bei der Metzgerin abgegeben hatte.

Das Tier rieb sich jetzt an seinem Bein, und Maigret bückte sich, um es zu kraulen, wobei er vor sich hin brummte:

»Wie bist du denn hier reingekommen?«

Das wollte ihm nicht aus dem Kopf. Die Tür, die von der Küche aus zum Hof führte, war verriegelt. Auch das Fenster war geschlossen. Er stieg die Treppe hinauf, machte im Obergeschoß Licht an und begriff, da er ein Fenster angelehnt fand. Im Hof des Nachbarhauses gab es einen Schuppen mit einem Wellblechdach, von dem aus die Katze einen über zwei Meter weiten Sprung vollführt hatte.

Maigret ging wieder hinunter, und da in dem Steingutkrug noch etwas Milch war, gab er sie dem Tier.

»Und nun?« fragte er laut, als wende er sich an die Katze.

Wie sahen sie beide in dem leeren Haus aus?

Er hatte sich nie überlegt, wie verlassen und trostlos eine Theke ohne den Wirt dahinter und ohne Gäste wirken konnte. Dennoch bot sich der Raum jeden Abend so dar, wenn Calas die Läden vorgehängt und den Schlüssel im Schloß herumgedreht hatte, nachdem die letzten Gäste gegangen waren.

Dann blieben nur sie beide, er und seine Frau, und sie brauchten bloß das Licht auszuknipsen, die Küche zu durchqueren und in ihr Schlafzimmer hinaufzusteigen. Madame Calas war wohl meistens in einem Zustand stumpfsinniger Betäubung, in den sie all die Schlucke Kognak versetzt hatten, die sie tagsüber zu sich genommen hatte.

Mußte sie sich vor ihrem Mann verstecken, wenn sie trinken wollte? Oder duldete er, befriedigt von den Erholungspausen, die er sich jeden Nachmittag außerhalb gönnte, den ausgeprägten Hang zur Flasche, den seine Frau hatte?

Maigret stellte plötzlich fest, daß es jemanden gab, von dem man so gut wie nichts wußte, und das war der Tote. Von Anfang an war er für alle der in Stücke zerhackte Mann gewesen. Dem Kommissar war oft aufgefallen, daß die Leute seltsamerweise nicht auf die gleiche Weise reagierten, mit dem gleichen Mitleid zum Beispiel oder dem gleichen Ekel, wenn einzelne Gliedmaßen aufgefunden wurden anstatt einer unversehrten Leiche. Man hätte meinen können, der Tod würde dadurch anonymer, nahezu komisch und es würde nicht viel fehlen, daß man mit einem Lächeln darüber spräche.

Er hatte weder Calas' Kopf gesehen, den man bisher nicht gefunden hatte und den man sicher auch nie finden würde, noch dessen Foto.

Der Mann war bäuerlicher Herkunft, untersetzt und gedrungen. Er kaufte jedes Jahr Wein bei den Winzern in der Gegend von Poitiers, trug Anzüge aus recht gutem Wollstoff und spielte nachmittags in der Nähe der Gare de l'Est Billard.

Gab es außer seiner Ehefrau in seinem Leben eine andere oder gar mehrere Frauen? Konnte ihm unbekannt bleiben, was während seiner Abwesenheit in seinem Hause geschah?

Er hatte doch Pape begegnen müssen, und wenn er nur mit dem geringsten Feingefühl begabt gewesen wäre, hätte er die Beziehung ahnen müssen, die sich zwischen Dieudonné und seiner Frau angesponnen hatte.

Alle beide erweckten nicht allein den Eindruck eines Liebespaars, sondern bereits den eines lange verheirateten Ehepaars, von Menschen also, die ein ruhiges und tiefes Gefühl auf der Grundlage gegenseitigen Verstehens, der Nachsicht und dieser besonderen Zärtlichkeit verbindet, wie man sie nur bei Paaren eines gewissen Alters antrifft, die einander viel zu verzeihen haben.

Wenn er es wußte, hatte er sich dann damit abgefunden? Schloß er die Augen davor oder machte er im Gegenteil seiner Frau Szenen?

Wie reagierte er auf die anderen, die wie der junge

Antoine heimlich kamen und aus der Schwäche von Aline Calas Nutzen zogen? Wußte er auch das?

Maigret war schließlich an die Theke getreten, und seine Hand zögerte noch vor den Spirituosen, bis sie am Ende zu der Calvados-Flasche griff. Er dachte daran, daß er nicht vergessen durfte, das Geld in die Kassenschublade zu legen. Die Katze hatte sich an den Ofen gesetzt, konnte jedoch keine Ruhe finden und schien verwundert, keine Wärme zu spüren.

Maigret verstand die Beziehung zwischen Madame Calas und Pape. Er verstand auch Antoine und die anderen, die nur vorübergehend kamen.

Wen er nicht begriff, das waren Calas und dessen Frau. Wieso und warum hatten sich die beiden zusammengetan, geheiratet und schließlich so lange miteinander gelebt, sogar eine Tochter in die Welt gesetzt, an der sie jedoch so desinteressiert schienen, als habe sie nichts mit ihnen gemein?

Kein Foto konnte ihm Aufklärung verschaffen, keine Korrespondenz, nichts von dem, was im Inneren einer Wohnung Rückschlüsse auf die Mentalität ihrer Bewohner gestattet.

Er leerte sein Glas und schenkte sich mißgelaunt ein zweites ein, dann setzte er sich mit dem Glas in der Hand an den Tisch, an dem er Madame Calas hatte sitzen sehen, als sei dies ihr Stammplatz.

Er klopfte seine Pfeife am Absatz aus, stopfte sich eine neue, steckte sie an, starrte auf den Schanktisch, die Gläser, die Flaschen und fragte sich, ob er nicht drauf und dran sei, die Antwort auf seine Frage zu finden, zumindest auf einen Teil seiner Frage.

Woraus bestand alles in allem das Haus? Aus einer Küche, in der nicht gespeist wurde, denn das Paar nahm seine Mahlzeiten in der Gaststube ein, an dem Tisch im Hintergrund, sowie einem Zimmer, das nur zum Schlafen diente.

Beide, Calas und seine Frau, lebten hier im Lokal, das für sie das darstellte, was für einen normalen Haushalt das Eßzimmer oder das Wohnzimmer ist.

Als das Paar nach Paris gekommen war, hatte es sich nicht sofort oder bald darauf am Quai de Valmy niedergelassen und nicht von der Stelle gerührt?

Maigret hatte jetzt sogar den Eindruck, daß das ein neues Licht auf die Beziehungen zwischen Madame Calas und Dieudonné Pape warf, und er lächelte.

Das alles blieb recht verschwommen, und er hätte sich nicht in der Lage gesehen, seinen Gedankengang in klaren Sätzen auszudrücken. Auch verließ ihn deshalb die Schlaffheit nicht, die sein Verhalten seit einigen Stunden prägte. Er trank sein Glas aus, begab sich in die Telefonkabine und wählte die Nummer des Untersuchungsgefängnisses.

»Hier Kommissar Maigret. Wer ist am Apparat? Sind Sie's, Joris? Wie geht es Ihrer neuen Klientin? Madame Calas, ja, wie Sie sagen. Wie bitte? Und was haben Sie getan?«

Sie tat ihm leid. Zweimal hatte sie gerufen. Zweimal hatte sie versucht, den Wärter zu bewegen, ihr etwas Kognak zu bringen, und ihm versprochen, jeden Preis dafür zu zahlen. Er hatte nicht daran gedacht, daß sie unter dieser Entbehrung fürchterlich leiden mußte.

»Nein, natürlich nicht . . .«

Er konnte Joris nicht raten, ihr entgegen den Vorschriften Alkohol zu geben. Vielleicht würde er ihr selbst morgen früh welchen bringen oder ihr in seinem Büro einen Kognak anbieten?

»Bitte sehen Sie einmal in den Papieren nach, die man ihr abgenommen hat. Ihr Personalausweis muß darunter sein. Ich weiß, daß sie aus der Gegend von Gien stammt, aber ich erinnere mich nicht mehr an den Namen des Dorfes.«

Er mußte ziemlich lange warten.

»Wie? Boissancourt über Saint-André. Boissancourt mit einem a? Danke, mein Lieber! Gute Nacht. Seien Sie nicht zu hart zu ihr.«

Er rief die Auskunft an, nannte seinen Namen.

»Würden Sie so nett sein, Mademoiselle, unter Boissancourt über Saint-André nachzuschauen, das liegt zwischen Montargis und Gien, und mir das Teilnehmerverzeichnis vorzulesen?«

»Bleiben Sie am Apparat?«

»Ja.«

Es dauerte nicht lange, denn das Fräulein war begeistert von der Vorstellung, mit dem berühmten Kommissar Maigret zusammenzuarbeiten.

»Notieren Sie?«

»Ja.«

»Aillevard, Route des Chênes, ohne Beruf.«

»Weiter.«

»Ancelin, Victor, Schlächter. Wollen Sie nicht die Nummer?«

»Nein.«

»Honoré de Boissancourt, Schloß Boissancourt.«

»Weiter.«

»Dr. Camuzet.«

»Diese Nummer können Sie mir mal geben.«

»Siebzehn.«

»Dann?«

»Calas, Robert, Viehhändler.«

»Nummer?«

»Einundzwanzig.«

»Calas, Julien, Kolonialwarenhändler. Der hat Nummer drei.«

»Kein weiterer Calas?«

»Nein. Da ist noch ein Louchez, ohne Beruf, ein Piedboeuf, Hufschmied, und ein Simonin, Getreidehändler.«

»Würden Sie mich bitte mit dem ersten Calas von der Liste verbinden und anschließend möglicherweise mit dem zweiten?«

Er hörte, wie die Telefonistinnen auf der Leitung miteinander sprachen, dann meldete eine Stimme:

»Hier Saint-André.«

Darauf wurde die Nummer 21 gewählt, und die Klingel ertönte lange, ehe sich eine Frauenstimme vernehmen ließ.

»Was ist?«

»Hier Kommissar Maigret von der Pariser Kriminalpolizei. Sind Sie Madame Calas? Ist Ihr Mann zu Hause?«

Er lag mit Grippe im Bett.

»Ist ein gewisser Omer Calas mit Ihnen verwandt?«

»Was ist aus dem denn geworden? Hat er etwas ausgefressen?«

»Kennen Sie ihn?«

»Das heißt, ich habe ihn nie gesehen, denn ich bin nicht von hier, sondern von der Haute-Loire, und er war schon fort, als ich heiratete.«

»Ist er ein Verwandter Ihres Mannes?«

»Sein Kusin zweiten Grades. Er hat noch einen Bruder hier, Julien, den Kolonialwarenhändler.«

»Weiter wissen Sie nichts über ihn?«

»Über Omer? Nein, und ich lege auch keinen Wert darauf, mehr über ihn zu wissen.«

Sie mußte aufgelegt haben, denn eine andere Stimme fragte:

»Wünschen Sie jetzt die zweite Verbindung, Herr Kommissar?«

Diesmal klappte es schneller, und es war ein Mann am anderen Ende der Leitung. Der war noch zurückhaltender.

»Ich verstehe genau, was Sie mir sagen. Aber was wollen Sie eigentlich von mir?«

»War Omer Calas Ihr Bruder?«

»Ich hatte einen Bruder, der Omer hieß.«

»Ist er tot?«

»Das weiß ich nicht. Von dem habe ich zwanzig, fast fünfundzwanzig Jahre nichts gehört.«

»Ein gewisser Omer Calas ist in Paris ermordet worden.«

»Ich habe das vorhin im Radio gehört.«

»Haben Sie die Personenbeschreibung mitgekriegt? Trifft sie auf Ihren Bruder zu?«

»Nach so langer Zeit läßt sich darüber nichts sagen.«

»Wußten Sie, daß er in Paris wohnte?«

»Nein.«

»Daß er verheiratet war?«

Schweigen.

»Kennen Sie seine Frau?«

»Hören Sie. Ich habe Ihnen nichts mitzuteilen. Als mein Bruder hier wegging, war ich fünfzehn Jahre alt. Ich habe ihn nicht wiedergesehen. Ich habe nie einen Brief von ihm bekommen. Ich bin nicht wild darauf, etwas zu erfahren. Wenn Sie Auskünfte wünschen, wenden Sie sich lieber an Rechtsanwalt Canonge.«

»Wer ist das?«

»Der Notar.«

Als er endlich die Nummer des Notars Canonge hatte, rief dessen Frau aus:

»Daß Sie gerade anrufen! Wie haben Sie das wissen können? Als wir vorhin die Nachrichten im Radio hörten, hat sich mein Mann gefragt, ob er Sie anrufen oder zu Ihnen fahren solle. Am Ende hat er beschlossen, sich nach Paris zu begeben, und hat den Zug um zwanzig Uhr zweiundzwanzig genommen. Er wird kurz nach Mitternacht an der Gare d'Austerlitz eintreffen, die genaue Uhrzeit weiß ich nicht.«

»Wo steigt er normalerweise ab?«

»Früher fuhr der Zug bis zur Gare d'Orsay, und so wohnt er immer noch im Hôtel d'Orsay.«

»Wie sieht Ihr Mann aus?«

»Ein schöner Mann, groß und stark, mit grauem Haar. Er trägt einen braunen Mantel, einen braunen Anzug und außer seiner Aktentasche hat er einen schweinsledernen Handkoffer mitgenommen. Ich frage mich immer noch, wie Sie gerade auf ihn gekommen sind!«

Als Maigret auflegte, zeigte er ungewollt ein zufriedenes Lächeln, hätte sich beinahe ein letztes Gläschen eingeschenkt, sagte sich jedoch, daß er Zeit genug haben dürfte, um am Bahnhof eines zu trinken.

Er brauchte nur noch Madame Maigret anzurufen und ihr mitzuteilen, daß es heute nacht recht spät werden würde.

8

Der Notar aus Saint-André

Madame Canonge hatte nicht übertrieben. Ihr Gemahl war wirklich ein schöner Mann von ungefähr sechzig Jahren, der eher an einen »gentleman farmer« als an einen Provinznotar gemahnte. Maigret, der am Ende des Bahnsteigs, nahe an der Sperre stand, erkannte ihn sofort von weitem, wie er gemessen unter den Reisenden des Zuges null Uhr zweiundzwanzig einherschritt, die er an Körpergröße überragte, den Schweinslederkoffer in der einen Hand, die Aktentasche in der anderen, und seiner Ungezwungenheit war zu entnehmen, daß ihm der Bahnhof und selbst dieser Zug vertraut waren.

Er war groß und kräftig und in dieser Umgebung der einzige, der fast übertrieben elegant gekleidet war. Die Farbe seines Mantels war kein beliebiges Braun, sondern ein ausgefallenes, zartes Kastanienbraun, wie Maigret es nie zuvor gesehen hatte, und der Schnitt ließ auf einen guten Schneider schließen.

Sein Gesicht unter dem silbergrauen Haupthaar zeigte einen gesunden Teint, und selbst in dem schlechten Licht der Bahnhofshalle ahnte man, daß er gepflegt, tadellos rasiert und vielleicht dezent mit Kölnisch Wasser parfümiert war.

Etwa fünfzig Meter vor der Sperre hatte er Maigret unter den Wartenden erspäht, und er hatte die Stirn gerunzelt wie jemand, der seines Gedächtnisses nicht ganz sicher ist. Auch er mußte das Foto des Kommissars oft in den Zeitungen gesehen haben. Als er näher herangekommen war, zögerte er noch immer, ihm zuzulächeln und mit ausgestreckter Hand auf ihn zuzugehen.

Es war Maigret, der zwei Schritte vortrat.

»Herr Rechtsanwalt Canonge?«

»Ja. Sie sind Kommissar Maigret?«

Er stellte den Koffer ab und drückte die ihm dargebotene Hand.

»Sie wollen mir doch nicht sagen, daß Sie zufällig hier sind?«

»Nein. Ich habe im Laufe des Abends bei Ihnen angerufen. Ihre Frau hat mir mitgeteilt, daß Sie diesen Zug genommen haben und im Hôtel d'Orsay absteigen würden. Um ganz sicherzugehen, habe ich Sie lieber abgeholt.«

Es blieb eine Einzelheit offen, die der Notar nicht verstand.

»Haben Sie meine Anzeige gelesen?«

»Nein.«

»Merkwürdig! Aber ich denke, wir sollten erst mal hinausgehen. Begleiten Sie mich zum Hôtel d'Orsay?«

Sie nahmen ein Taxi.

»Ich bin nach Paris gekommen, um mit Ihnen zu sprechen, und wollte Sie gleich morgen früh anrufen.«

Maigret hatte sich nicht getäuscht. Sein Begleiter

strömte einen leichten Duft von Kölnisch Wasser und teuren Zigarren aus.

»Sie haben Madame Calas ins Gefängnis gesteckt?«

»Richter Coméliau hat einen Haftbefehl ausgestellt.«

»Das ist eine unglaubliche Geschichte . . .«

Sie fuhren die Quais entlang, und wenige Minuten später kamen sie am Hôtel d'Orsay an, wo der Portier den Notar wie einen alten Stammgast begrüßte.

»Das Restaurant ist wohl schon geschlossen, Alfred?«

»Ja, Monsieur Canonge.«

Und der Rechtsanwalt erklärte Maigret, was dieser bereits genau wußte:

»Vor dem Krieg, als alle Züge aus Orléans bis hierher durchfuhren, blieb das Bahnhofsrestaurant nachtsüber geöffnet. Das war praktisch. Ich nehme an, daß es Sie nicht gerade verlockt, in einem Hotelzimmer zu plaudern. Vielleicht gehen wir und trinken irgendwo einen Schluck?«

Sie mußten den Boulevard Saint-Germain ein ganzes Stück entlangmarschieren, ehe sie eine offene Brasserie fanden.

»Was trinken Sie, Kommissar?«

»Ein Bier.«

»Haben Sie einen guten Kognak, Herr Ober?«

Sie hatten beide Hut und Mantel abgelegt und auf der Wandbank Platz genommen, und während Maigret sich seine Pfeife anzündete, schnitt Canonge mit einem silbernen Taschenmesser die Spitze seiner Zigarre ab.

»Vermutlich sind Sie noch nie in Saint-André gewesen?«

»Nie.«

»Es liegt abseits von der großen Straße und bietet nichts, um die Touristen anzuziehen. Wenn ich recht verstanden habe, was das Radio heute nachmittag gemeldet hat, dann ist der zerstückelte Mann aus dem Kanal Saint-Martin niemand anderes als diese Kanaille von Calas?«

»Seine Fingerabdrücke stimmen mit denen überein, die in dem Haus am Quai de Valmy abgenommen worden sind.«

»Als ich die paar Zeilen gelesen habe, die die Zeitungen der Entdeckung der Leiche widmeten, hatte ich mir das schon gedacht, und beinahe hätte ich Sie angerufen.«

»Sie kannten Calas?«

»Ich habe ihn früher gekannt. Aber noch besser kannte ich die, die seine Frau geworden ist. Auf Ihr Wohl! Jetzt frage ich mich, wo ich am besten anfange, denn die Geschichte ist komplizierter, als man glauben sollte. Hat Aline Calas Ihnen nicht von mir erzählt?«

»Nein.«

»Meinen Sie, daß sie in die Ermordung ihres Mannes verwickelt ist?«

»Ich weiß es nicht. Der Untersuchungsrichter ist davon überzeugt.«

»Was sagt sie zu ihrer Verteidigung?«

»Nichts.«

»Sie gesteht?«

»Nein. Sie begnügt sich damit zu schweigen.«

»Ich glaube, Kommissar, sie ist die merkwürdigste Persönlichkeit, der ich in meinem Leben begegnet bin. Und dabei stoßen wir auf dem Lande immer wieder auf so eigenartige Geschichten, das kann ich Ihnen versichern.«

Er mußte es gewohnt sein, daß man ihm zuhörte, und er hörte sich selbst beim Sprechen zu, wobei er, die Zigarre zwischen den gepflegten Fingern, eine für ihn bezeichnende Geste vollführte, die seinen goldenen Siegelring ins rechte Licht rückte.

»Am besten ist wohl, wenn ich mit dem Anfang beginne. Wahrscheinlich haben Sie von Honoré de Boissancourt nie etwas gehört?«

Der Kommissar schüttelte den Kopf.

»Das ist oder vielmehr war noch vor einem Monat in unserer Gegend der ›reiche Mann‹. Außer dem Schloß Boissancourt besaß er an die fünfzehn Bauerngüter mit zusammen gut zweitausend Hektar Land, außerdem über tausend Hektar Wald und zwei Teiche. Wenn Sie die Provinz kennen, können Sie sich das alles vorstellen.«

»Ich stamme vom Lande.«

Maigret war nicht nur auf dem Lande geboren, sein Vater war sogar Verwalter eines Besitzes dieser Art gewesen.

»Jetzt dürfte es nützlich sein, daß Sie erfahren, wer dieser Boissancourt war. Deshalb muß ich auf seinen Großvater zurückgehen, den mein Vater noch gekannt hat, der ebenfalls Notar in Saint-André gewesen ist. Er hieß nicht Boissancourt, sondern Dupré,

Christophe Dupré. Er war der Sohn eines Pächters, der dem Schloß verpflichtet war, und hatte als Viehhändler angefangen, und er ist hart und gerissen genug gewesen, um schnell zu Geld zu kommen. Ich nehme an, Sie kennen diese Art von Menschen auch.«

Beim Zuhören hatte Maigret ein wenig den Eindruck, nochmals seine Kindheit zu durchleben, denn in seiner ländlichen Heimat hatte es ebenfalls eine Art Christophe Dupré gegeben, der einer der reichsten Leute der Gegend geworden war und dessen Sohn nun Senator war.

»Zu einer bestimmten Zeit hat sich Dupré darauf verlegt, Getreide aufzukaufen und zu verkaufen, und er hatte Glück mit seinen Spekulationen. Von dem Gewinn hat er sich Grund und Boden gekauft, zuerst ein Bauerngut, dann zwei, dann drei, so daß bei seinem Tode das Schloß Boissancourt, das zuvor einer kinderlosen Witwe gehört hatte, mit seinen Nebengebäuden in seine Hände übergegangen war. Christophe hatte einen Sohn und eine Tochter. Seine Tochter hat er mit einem Kavallerieoffizier verheiratet, und sein Sohn, Alain, hat nach dem Tod des Vaters angefangen, sich Dupré de Boissancourt zu nennen. Nach und nach hat er den Dupré fallenlassen, und nach seiner Wahl in den Conseil Général hat er eine Verfügung erhalten, die seinen neuen Namen amtlich beglaubigte.«

Auch das erweckte mancherlei Erinnerungen in Maigret.

»Soviel über die älteren Generationen. Honoré de Boissancourt, der Enkel Christophe Duprés, den man als Gründer der Dynastie bezeichnen konnte, ist vor einem Monat gestorben.

Er hatte seinerzeit eine Mademoiselle Emilie d'Espissac geheiratet, die aus einer alten, verarmten Familie dieser Gegend stammte; sie hat ihm eine Tochter geschenkt und ist durch einen Reitunfall ums Leben gekommen, als das Kind noch ganz klein war. Ich habe die Mutter gut gekannt, eine reizende Frau, die ihre Häßlichkeit voller Melancholie trug und sich ohne Widerrede von ihren Eltern hatte opfern lassen. Es ist behauptet worden, Boissancourt habe ihnen eine Million geboten, gewissermaßen als Kaufpreis. In meiner Eigenschaft als Notar der Familie kann ich sagen, daß die Ziffer übertrieben ist, aber dennoch stimmt es, daß die alte Gräfin d'Espissac am Tage der Unterzeichnung des Ehevertrags eine beträchtliche Summe erhalten hat.«

»Was für eine Art Mensch war der letzte Boissancourt?«

»Ich komme darauf. Ich war sein Notar. Jahrelang habe ich einmal in der Woche im Schloß zu Abend gegessen, und manchmal bin ich auf seinen Ländereien zur Jagd gegangen. Ich kannte ihn also gut. Zunächst, er hatte einen Klumpfuß, was vielleicht zum Teil seinen finsteren, verschlossenen Charakter erklärt. Auch die Tatsache, daß die Geschichte seiner Familie allgemein bekannt war, daß die meisten Schlösser der Gegend für ihn unzugänglich blieben, hat sicherlich nicht dazu beigetragen, ihn umgänglicher zu machen.

Sein Leben lang hat er den Eindruck gehabt, daß die Leute ihn verachteten und daß sie sich verschworen hatten, ihn zu bestehlen, so daß er seine Zeit damit verbrachte, sich zu verteidigen, bevor er angegriffen wurde.

Er hatte sich in seinem Schloß einen Turm vorbehalten, den er in eine Art Arbeitszimmer umgewandelt hatte und wo er tagelang Rechnungen überprüfte, nicht nur die der Pächter und Aufseher, sondern auch die der kleinsten Lieferanten; er korrigierte mit roter Tinte die Aufstellungen der Metzger und Kolonialwarenhändler. Oft ging er während der Mahlzeiten der Dienerschaft in die Küche hinunter, um sich zu vergewissern, daß ihr keine kostspieligen Gerichte vorgesetzt wurden.

Ich nehme an, es ist nicht schlimm, wenn ich Ihnen unter uns etwas verrate, was eigentlich ein Berufsgeheimnis ist, zumal Ihnen in Saint-André jeder dasselbe erzählen könnte.«

»Madame Calas ist seine Tochter?«

»Sie haben es erraten.«

»Und Omer Calas?«

»Er hat vier Jahre lang als Kammerdiener im Schloß gearbeitet. Er war der Sohn eines trunksüchtigen Tagelöhners, mit dem nicht viel los war.

Damit sind wir bei einem Zeitpunkt angelangt, der fünfundzwanzig Jahre zurückliegt.«

Er winkte dem vorübergehenden Kellner und fragte Maigret:

»Trinken Sie diesmal einen Kognak mit mir? Zwei Kognak, Herr Ober!«

Dann wendete er sich wieder dem Kommissar zu und fuhr nach einer kurzen Pause fort:

»All das haben Sie natürlich nicht ahnen können, als Sie das Bistro am Quai de Valmy aufsuchten.«

Das stimmte nicht ganz, und Maigret war keineswegs überrascht über das, was er erfuhr.

»Ich habe gelegentlich mit dem alten Dr. Pétrelle, der leider tot ist und an dessen Stelle Camuzet getreten ist, über Aline gesprochen. Camuzet hat sie nicht gekannt und kann Ihnen nichts über sie sagen. Und ich selbst bin nicht in der Lage, Ihnen ihren Fall mit medizinischen Fachausdrücken zu schildern.

Schon als Kind war sie anders als die übrigen kleinen Mädchen, und es war etwas an ihr, das einen in Verlegenheit brachte. Sie hat nie mit den anderen gespielt, ist auch nie in die Schule gegangen, denn ihr Vater hielt darauf, daß sie Privatlehrerinnen bekam. Sie hat mindestens ein Dutzend gehabt, denn das Kind brachte es fertig, ihnen das Leben unmöglich zu machen.

Gab sie ihrem Vater die Schuld daran, daß sie nicht das gleiche Dasein wie die anderen führte? Oder war es, wie Dr. Pétrelle behauptete, viel komplizierter? Ich weiß es nicht. Die Mädchen, so scheint es, beten ihre Väter meistens an, manchmal sogar in übertriebener Form. Ich habe da keine Erfahrung, weil meine Frau und ich keine Kinder haben. Kann diese Art von Anbetung in Haß umschlagen?

Jedenfalls schien sie es darauf angelegt zu haben, Boissancourt zur Verzweiflung zu treiben, und mit zwölf Jahren ist sie bei dem Versuch überrascht worden, das Schloß in Brand zu stecken. Feuer wurde eine Zeitlang zur Manie für sie, und man war gezwungen, sie streng zu überwachen.

Dann trat Omer auf den Plan, der fünf oder sechs Jahre älter als sie und damals das war, was die Bauern einen hübschen Burschen nennen, hart und kräftig, mit Augen, die voller Unverschämtheit sprühten, sobald der Herr den Rücken gewandt hatte.«

»Haben Sie gemerkt, was sich zwischen ihnen anbahnte?« fragte Maigret, den Blick versonnen auf die fast leere Brasserie gerichtet, wo die Kellner auf den Aufbruch der letzten Gäste warteten.

»Damals nicht. Erst später habe ich wiederum mit Pétrelle darüber gesprochen. Nach Pétrelles Ansicht hat sie sich schon für Omer zu interessieren begonnen, als sie höchstens dreizehn oder vierzehn war. Das kommt auch bei anderen Mädchen dieses Alters vor, bleibt jedoch im allgemeinen vage und mehr oder weniger platonisch.

Ist es bei ihr anders gewesen? War Calas, dem Skrupel nicht zu schaffen machten, zynischer, als es Männer in einem solchen Fall für gewöhnlich sind?

Fest steht, daß Pétrelle davon überzeugt war, daß schon lange zweideutige Beziehungen zwischen ihnen bestanden haben mußten. Er führte sie zum großen Teil auf Alines Bedürfnis zurück, ihren Vater herauszufordern und zu enttäuschen.

Möglich ist das. Es ist nicht mein Fachgebiet. Wenn ich diese Einzelheiten erwähne, so geschieht es, um das übrige verständlicher zu machen.

Eines Tages, sie war noch nicht siebzehn, ist sie heimlich zum Arzt gegangen, um sich untersuchen zu lassen, und er hat ihr bestätigt, daß sie schwanger war.«

»Wie hat sie das aufgenommen?« fragte Maigret.

»Pétrelle hat mir erzählt, sie habe ihn starr und hart angeschaut und zwischen den Zähnen gemurmelt:

›Um so besser!‹

Sie müssen wissen, daß Calas inzwischen die Tochter des Metzgers geheiratet hatte, weil auch sie in anderen Umständen gewesen war und ihm ein paar Wochen später ein Kind geschenkt hatte.

Er arbeitete weiterhin als Kammerdiener im Schloß, denn einen anderen Beruf hatte er nicht, und seine Frau lebte bei ihren Eltern.

Eines Sonntags hat das Dorf erfahren, daß Aline de Boissancourt und Omer Calas verschwunden waren.

Durch die Dienerschaft ist herausgekommen, daß am Abend zuvor eine dramatische Szene zwischen dem jungen Mädchen und ihrem Vater stattgefunden hatte. Länger als zwei Stunden hatte man die beiden im kleinen Salon heftig miteinander streiten hören.

Meines Wissens hat Boissancourt nie den Versuch gemacht, seine Tochter wiederzufinden. Und soviel ich weiß, hat sie ihm auch nie geschrieben.

Was Calas' erste Frau betrifft, so wurde sie nervenkrank und hat sich drei Jahre lang hingeschleppt, bis man sie an einem Baum des Obstgartens erhängt fand.«

Die Kellner hatten bereits die Stühle auf die meisten Tische gestellt, und einer von ihnen sah zu ihnen herüber und hielt dabei eine dicke silberne Uhr in der Hand.

»Ich glaube, wir lassen sie lieber schließen«, schlug Maigret vor.

Canonge bestand darauf, ihre Zeche zu bezahlen, und sie brachen auf. Die Nacht war frisch, der Himmel mit Sternen übersät, und sie schritten eine Weile schweigend dahin. Schließlich regte der Notar an:

»Vielleicht finden wir ein anderes Lokal, das noch auf hat, und trinken ein letztes Glas?«

So marschierten sie, jeder seinen Gedanken nachhängend, ein gutes Stück den Boulevard Raspail entlang und entdeckten in Montparnasse eine kleine Bar mit bläulicher Beleuchtung, aus der gedämpft Musik erklang.

»Gehen wir rein?«

Anstatt sich an einen Tisch führen zu lassen, setzten sie sich an die Theke, wo zwei leichte Mädchen eifrig um einen dicken Mann bemüht waren, der mehr als halb betrunken war.

»Das gleiche?« fragte Canonge, während er eine Zigarre aus seiner Tasche zog.

Einige Paare tanzten. Zwei Mädchen kamen vom anderen Ende des Raumes und wollten sich zu ihnen setzen, doch der Kommissar gab ihnen einen Wink, und so ließen sie davon ab.

»Es wohnen noch Calas in Boissancourt und in Saint-André«, sagte der Notar.

»Ich weiß. Ein Viehhändler und ein Kolonialwarenhändler.«

Canonge lachte leise auf.

»Es wäre komisch, wenn der Viehhändler so reich würde, daß er das Schloß und die Ländereien zurückkaufen könnte! Einer dieser Calas ist Omers Bruder, der andere sein Kusin. Er hat auch eine Schwester, die einen Gendarmen in Gien geheiratet hat. Als Boissancourt vor einem Monat von einem Gehirnschlag getroffen wurde, habe ich sie alle drei aufgesucht, um zu erfahren, ob sie je etwas von Omer gehört hatten.«

»Einen Augenblick«, unterbrach Maigret ihn. »Hat Boissancourt seine Tochter nicht enterbt?«

»Jedermann im Dorf war davon überzeugt, daß er es getan habe. Man fragte sich, wer den Besitz erben würde, denn in einem solchen Weiler hängt alles mehr oder weniger vom Schloß ab.«

»Ich nehme an, Sie wissen es?«

»Nein. In den letzten Jahren hat Boissancourt mehrere Testamente aufgesetzt, die alle verschieden waren, aber er hat sie mir nicht zur Aufbewahrung übergeben. Er hat sie wohl eins nach dem andern wieder zerrissen, denn es ist keins gefunden worden.«

»So daß seine Tochter seinen Besitz erbt?«

»Automatisch.«

»Und da haben Sie eine Anzeige in die Zeitung setzen lassen?«

»Wie es in solchen Fällen üblich ist, ja. Ich konnte nicht den Namen Calas anführen, da ich ja nicht wußte, daß sie geheiratet hatten. Nur wenige Leute lesen dergleichen Anzeigen. Ich hatte kaum mit Ergebnissen gerechnet.«

Er hatte sein Kognakglas geleert und sah den Barmann auf eine bestimmte Weise an. Wenn sein Zug einen Speisewagen geführt hatte, mußte er bereits auf der Fahrt nach Paris ein oder zwei Gläschen getrunken haben, denn sein Gesicht war leicht gerötet, und seine Augen leuchteten.

»Das gleiche, Kommissar?«

Vielleicht hatte auch Maigret mehr getrunken, als er glaubte. Er sagte nicht nein. Er fühlte sich körperlich und geistig wohl. Er hatte sogar den Eindruck, mit einem sechsten Sinn begabt zu sein, der ihm erlaubte, in die Haut der hier beschworenen Gestalten zu schlüpfen.

Wäre er nicht ohne die Hilfe des Notars imstande gewesen, diese Geschichte zu rekonstruieren? Vor ein paar Stunden war er gar nicht so weit von der Wahrheit entfernt gewesen, und der Beweis dafür war, daß er den Einfall gehabt hatte, in Saint-André anzurufen.

Wenn er auch nicht alles erraten hatte, so entsprach doch die Vorstellung, die er sich von Madame Calas gemacht hatte, in etwa der, die er sich jetzt machen konnte, da er alles wußte.

»Sie hat angefangen zu trinken«, murmelte er aus dem plötzlichen Verlangen heraus, seinerseits zu sprechen.

»Ich weiß. Ich hab sie gesehen.«

»Wann? Letzte Woche?«

Selbst in diesem Punkt hatte er die Wahrheit geahnt. Doch Canonge ließ ihn nicht weiter zu Wort kommen, von Saint-André her war er wohl nicht gewöhnt, daß man ihn unterbrach.

»Lassen Sie mich der Reihenfolge nach berichten, Kommissar. Vergessen Sie nicht, daß ich Notar bin und daß Notare peinlich genaue Leute sind.«

Darüber mußte er lachen, und das nutzte das Mädchen, das zwei Barhocker weiter saß, um ihn zu fragen:

»Darf ich mir auch ein Glas bestellen?«

»Wenn Sie wollen, Kindchen, vorausgesetzt, daß Sie sich nicht in unsere Unterhaltung mischen. Sie ist wichtiger, als Sie sich vorstellen können.«

Zufrieden wandte er sich wieder Maigret zu.

»Drei Wochen lang hat meine Anzeige also zu keinem Ergebnis geführt, sieht man von ein paar verrückten Briefen ab. Es war am Ende nicht die Annonce, durch die ich Aline entdeckt habe, sondern aus reinem Zufall. Vor einer Woche ist mir durch Eilzustellung ein Jagdgewehr zurückgeschickt worden, das ich zur Reparatur weggegeben hatte. Ich war zu Hause, als es abgeliefert wurde, und es ergab sich, daß ich dem Lastwagenfahrer persönlich die Haustür öffnete.«

»War es ein Laster der Firma ›Zénith‹?«

»Das wissen Sie? Ja, genau. Ich habe dem Überbringer ein Glas Wein angeboten, wie es auf dem Lande üblich ist. Der Kolonialwarenladen Calas liegt meinem Haus direkt gegenüber, am Kirchplatz. Und während er sein Glas trank, murmelte der Mann, der zum Fenster hinaussah:

›Ich frage mich, ob das dieselbe Familie ist, die das Bistro am Quai de Valmy hat.‹

›Es gibt einen Calas am Quai de Valmy?‹

›Ein komisches kleines Bistro, das ich nie betreten habe. Bis letzte Woche, da hat mich einer der Lagerverwalter mit hingenommen.‹«

Maigret hätte wetten mögen, daß der Lagerverwalter kein anderer als Dieudonné Pape gewesen war.

»Sie haben ihn nicht gefragt, ob der Lagerverwalter rothaarig war?«

»Nein. Ich habe ihn nach dem Vornamen des besagten Calas gefragt. Er hat nachgedacht und erinnerte sich dunkel, den Namen am Fenster des Lokals gelesen zu haben. Ich habe ihn auf Omer gebracht, und er hat mir bestätigt, daß das stimmte.

So bin ich am nächsten Tag aufs Geratewohl nach Paris gefahren.«

»Mit dem Abendzug?«

»Nein, morgens.«

»Wann sind Sie am Quai de Valmy eingetroffen?«

»Nachmittags, kurz nach drei. Ich habe in dem ziemlich finsteren Bistro eine Frau vorgefunden, die ich nicht gleich erkannt habe. Ich habe sie gefragt, ob sie Madame Calas sei, und sie hat mir geantwortet: ›Ja.‹ Dann habe ich sie nach ihrem Vornamen gefragt. Sie hat in mir den Eindruck erweckt, halb betrunken zu sein. Sie trinkt also.«

Auch er trank, nicht auf die gleiche Art, jedoch genug, um jetzt feuchte Augen zu haben.

Maigret war sich nicht sicher, ob man ihnen ihre Gläser nicht wieder gefüllt hatte, und die junge Frau, die näher herangerückt war, hatte sich an den Notar gelehnt und ihn untergehakt. Wenn sie seiner Erzählung folgte, so war ihrem ausdruckslosen Gesicht nichts davon anzumerken.

»›Sie sind also die geborene Aline de Boissancourt?‹ habe ich sie gefragt.

Und sie hat mich ohne Widerwort angesehen. Ich erinnere mich, daß sie am Ofen saß und eine dicke rote Katze auf dem Schoß hatte.

Ich fuhr fort:

›Haben Sie gehört, daß Ihr Vater gestorben ist?‹

Sie hat den Kopf geschüttelt, ohne Überraschung oder Erregung zu zeigen.

›Ich war sein Notar und bin nun mit der Erbschaftsregelung beauftragt. Ihr Vater, Madame Calas, hat kein Testament hinterlassen, so daß das Schloß, die Ländereien und sein gesamtes Vermögen an Sie fallen.‹

Sie hat gefragt:

›Wie haben Sie meine Adresse erfahren?‹

›Durch einen Lastwagenfahrer, der zufällig mal hier gewesen ist.‹

›Sonst kennt sie niemand?‹

›Ich glaube nicht.‹

Sie ist aufgestanden und hat sich in die Küche begeben.«

Offenbar, um einen Schluck aus der Kognakflasche zu nehmen!

»Als sie zurückkam, erweckte sie den Eindruck, einen Entschluß gefaßt zu haben.

›Ich will nichts von diesem Geld‹, hat sie in gleichgültigem Ton erklärt. ›Ich nehme an, daß ich das Recht habe, auf die Erbschaft zu verzichten?‹

›Man hat immer das Recht, eine Erbschaft zurückzuweisen. Allerdings . . .‹

›Allerdings was?‹

›Rate ich Ihnen, sich die Sache zu überlegen und keinen vorschnellen Entschluß zu treffen.‹

›Ich habe es mir überlegt. Ich lehne ab. Ich vermute, daß ich auch das Recht habe, von Ihnen zu verlangen, daß Sie nicht verraten, wo ich mich aufhalte?‹

Während sie sprach, warf sie hin und wieder einen besorgten Blick nach draußen, als fürchte sie, es könne plötzlich jemand auftauchen, vielleicht ihr Mann. Wenigstens habe ich das angenommen.

Ich habe auf meiner Position bestanden, wie es meine Pflicht war. Ich habe keinen anderen Erben Boissancourt ausfindig machen können.

›Es ist wohl am besten, wenn ich noch einmal wiederkomme‹, habe ich vorgeschlagen.

›Nein. Kommen Sie nicht wieder. Omer darf Sie um keinen Preis hier sehen.‹

Gleichsam entsetzt hat sie hinzugefügt:

›Dann wäre alles aus!‹

›Meinen Sie nicht, Sie sollten sich mit Ihrem Mann beraten?‹

›Mit dem schon gar nicht!‹

Ich habe weiter zu verhandeln versucht, und als ich dann ging, habe ich ihr meine Visitenkarte dagelassen und ihr empfohlen, mich anzurufen oder mir zu schreiben, falls sie in den kommenden Wochen ihre Meinung ändern sollte. Da hat ein Gast das Bistro betreten, der so aussah, als sei er ein Vertrauter des Hauses.«

»Ein rothaariger mit Blatternarben im Gesicht?«

»Ich glaube, ja.«

»Was ist geschehen?«

»Nichts. Sie hat meine Karte in ihre Schürzentasche gesteckt und mich zur Tür begleitet.«

»An welchem Tag war das?«

»Letzten Donnerstag.«

»Sie haben sie nicht wiedergesehen?«

»Nein. Aber ihren Mann habe ich gesehen.«

»In Paris?«

»In meiner Kanzlei in Saint-André.«

»Wann?«

»Am Samstagmorgen. Er ist am Freitagnachmittag oder Freitagabend in Saint-André angekommen und hat zum erstenmal am Freitag gegen zwanzig Uhr bei mir vorgesprochen. Ich war beim Doktor zum Bridge, und das Dienstmädchen hat ihm gesagt, er solle am nächsten Tag wiederkommen.«

»Haben Sie ihn erkannt?«

»Ja, obwohl er fülliger geworden ist. Er hat wahrscheinlich im Dorfgasthof übernachtet und dort natürlich von Boissancourts Tod gehört. Man wird ihm auch gesagt haben, daß seine Frau die Erbin des Vermögens ist. Er ist sofort unverschämt geworden und hat behauptet, daß er in seiner Eigenschaft als Ehemann das Recht habe, die Erbschaft im Namen seiner Frau anzutreten. Sie haben ohne Vertrag geheiratet, das heißt, sie lebten in Gütergemeinschaft.«

»So daß keiner ohne den anderen etwas unternehmen kann.«

»Eben das habe ich ihm klargemacht.«

»Hatten Sie den Eindruck, daß er sich darüber mit seiner Frau unterhalten hat?«

»Nein. Zu Anfang wußte er nicht einmal, daß sie die Erbschaft zurückgewiesen hatte. Er schien zu glauben, sie habe sie ohne sein Wissen angetreten. Ich will Ihnen nicht alle Einzelheiten des Gesprächs erzählen, das würde zu lange dauern. Meiner Meinung nach hat er meine Visitenkarte gefunden, die seine

Frau vermutlich hatte herumliegen lassen, vielleicht hatte sie vergessen, daß ich sie ihr überreicht hatte. Was konnte ein Notar aus Saint-André am Quai de Valmy zu suchen haben, sofern er nicht mit der Erbschaft Boissancourt befaßt war.

Erst bei mir hat er nach und nach die Wahrheit herausgefunden. Er ist wütend abgezogen, hat gesagt, ich würde noch von ihm hören, dann hat er die Tür zugeknallt.«

»Sie haben ihn nicht wiedergesehen?«

»Ich habe nichts mehr von ihm gehört. Das alles geschah am Samstagmorgen, und er hat den Autobus nach Montargis genommen, von dort ist er mit dem Zug nach Paris gefahren.«

»Mit welchem Zug, Ihrer Meinung nach?«

»Wahrscheinlich mit dem, der kurz nach drei an der Gare d'Austerlitz ankommt.«

Das bedeutete, daß er gegen vier wieder zu Hause war, etwas früher, wenn er ein Taxi genommen hatte.

»Als ich las«, fuhr der Notar fort, »daß man im Kanal Saint-Martin und ausgerechnet am Quai de Valmy die Überreste eines zerstückelten Mannes gefunden hatte, habe ich, ehrlich gestanden, gezittert, das zufällige Zusammentreffen hat mich erschüttert. Wie ich Ihnen vorhin sagte, hätte ich Sie beinahe angerufen, aber dann habe ich mir gesagt, daß Sie mich vielleicht auslachen würden. Erst als ich heute nachmittag im Radio den Namen Calas vernahm, habe ich mich entschlossen, Sie aufzusuchen.«

»Darf ich?« fragte das Mädchen neben ihm und zeigte auf ihr leeres Glas.

»Ja doch, Kindchen. Was halten Sie von der Sache, Kommissar?«

Dieses Wort genügte; das Mädchen ließ sofort seinen Arm los.

»Das überrascht mich nicht«, murmelte Maigret, der langsam einen schweren Kopf bekam.

»Geben Sie zu, daß Sie mit so etwas nicht gerechnet haben! Nur auf dem Lande begegnet man derartigen Geschichten, und ich muß selbst gestehen . . .«

Maigret hörte ihm nicht mehr zu. Er dachte an Aline Calas, von der er sich nun ein vollständiges Bild machen konnte. Selbst als kleines Mädchen konnte er sie sich vorstellen.

Doch dieses Persönlichkeitsbild überraschte ihn nicht. Es hätte ihn Mühe gekostet, das mit Worten zu erklären, vor allem einem Mann wie dem Richter Coméliau, und er war darauf gefaßt, daß er sich am nächsten Morgen ungläubig zeigen würde.

Coméliau würde entgegnen:

»Trotzdem hat sie ihn mit Beihilfe ihres Liebhabers getötet.«

Omer Calas war tot, und er hatte offenbar keinen Selbstmord begangen. Also hatte ihn jemand umgebracht und danach seine Leiche zerstückelt.

Maigret glaubte die scharfe Stimme Coméliaus zu vernehmen:

»Soll das keine Kaltblütigkeit sein? Sie werden doch nicht behaupten, daß es sich hier um ein Verbrechen im Affekt handelt? Nein, Maigret. Manchmal kann ich Ihnen folgen, aber diesmal . . .«

Canonge reichte ihm ein volles Glas.

»Auf Ihr Wohl!«

»Auf Ihres!«

»Woran haben Sie eben gedacht?«

»An Aline Calas.«

»Glauben Sie, daß sie Omer gefolgt ist, um lediglich ihren Vater in Rage zu bringen?«

Selbst gegenüber dem Notar und nach einigen Gläsern Kognak sah er sich nicht in der Lage, mit Worten auszudrücken, was er zu begreifen glaubte. Zunächst mußte man einräumen, daß alles, was die Göre einst auf Schloß Boissancourt angestellt hatte, bereits Protesthandlungen waren.

Dr. Pétrelle hätte den Fall sicher besser darlegen können als er. Erst die versuchte Brandstiftung. Dann die sexuellen Beziehungen zu Calas. Schließlich ihr Durchbrennen mit ihm, während andere in ihrer Situation eine Abtreibung vorgenommen hätten.

Vielleicht war es auch eine Form des Trotzes? Oder des Abscheus?

Maigret hatte schon versucht, unter Berufung auf andere, selbst auf Fachleute, die Annahme zu vertreten, daß Menschen, die leicht abrutschen, insbesondere diejenigen, die mit morbider Verbissenheit darauf aus sind, immer tiefer zu sinken und sich voller Lust besudeln, nahezu alle Idealisten sind.

Es war vergebens. Coméliau würde erwidern:

»Sagen Sie doch lieber, daß sie ihr Leben lang lasterhaft gewesen ist.«

Am Quai de Valmy hatte sie zu trinken begonnen. Das stimmte mit dem übrigen überein. Auch damit, daß sie dort geblieben war, ohne je den Versuch zu unternehmen, davonzulaufen, oder daß sie sich an die Atmosphäre des Bistros geklammert hatte.

Er glaubte ferner, Omer zu verstehen, der den Traum so vieler Burschen vom Lande verwirklicht hatte: als Kammerdiener oder Chauffeur genug Geld zu verdienen, um Besitzer einer kleinen Kneipe in Paris zu werden.

Omer hatte dort ein faules Leben geführt, war von der Theke in den Keller geschlurft, ein- oder zweimal im Jahr zum Weinholen ins Poitou gefahren und hatte seine Nachmittage in einer Brasserie an der Gare de l'Est verbracht, um da Karten oder Billard zu spielen.

Man hatte keine Zeit gehabt, Nachforschungen über sein Privatleben anzustellen. Maigret nahm sich vor, das in den nächsten Tagen zu tun, und sei es allein um der persönlichen Genugtuung willen. Er war überzeugt, daß Omer außer seiner Leidenschaft für das Billardspiel kurze und zynische Abenteuer mit den jungen Dienstmädchen und Arbeiterinnen des Viertels gehabt hatte.

Rechnete er mit der Erbschaft Boissancourt? Das war unwahrscheinlich, denn er mußte wie alle anderen denken, daß der Schloßherr seine Tochter enterbt habe.

Es hatte der Visitenkarte des Notars bedurft, um Hoffnung in ihm zu erwecken.

»Was mir einfach nicht in den Kopf will«, sagte Canonge, »was mein Begriffsvermögen überschreitet, mein lieber Maigret – und ich habe in meinem Leben mit den verschiedensten Erben zu tun gehabt –, das ist die Tatsache, daß sie ein Vermögen ausgeschlagen hat, das ihr in den Schoß gefallen ist.«

Für den Kommissar hingegen war das etwas Normales. Was hätte sie jetzt, da es so weit mit ihr gekommen war, von all dem Geld gehabt? Sollte sie mit Omer in das Schloß Boissancourt ziehen? Sollten sie zusammen in Paris oder anderswo, an der Côte d'Azur zum Beispiel, ein Leben zu führen beginnen, das ein Abklatsch von dem des Großbürgertums sein würde?

Sie hatte es vorgezogen, in ihrem Winkel zu bleiben, in der Ecke, die sie sich geschaffen hatte und in der sie gleichsam wie ein Tier in seinem Erdloch lebte.

Sie verbrachte dort ihre Tage, die einer wie der andere waren, mit den Kognakschlucken hinter der Küchentür und nachmittags dem Besuch von Dieudonné Pape.

Auch er war zur Gewohnheit geworden. Mehr als das vielleicht, denn er wußte, daß sie trank, und sie brauchte sich vor ihm nicht zu schämen, sie konnten schweigend am Ofen nebeneinander sitzen.

»Meinen Sie, daß sie ihn umgebracht hat?«

»Ich glaube nicht.«

»Ihr Liebhaber?«

»Wahrscheinlich.«

Die Musiker packten ihre Instrumente ein, und auch hier würde man gleich schließen.

Sie befanden sich wieder auf der Straße und schlugen den Weg nach Saint-Germain-des-Prés ein.

»Haben Sie es weit nach Hause?«

»Bis zum Boulevard Richard-Lenoir.«

»Ich begleite Sie ein Stückchen. Warum hat wohl ihr Liebhaber Omer getötet? Hoffte er, sie zu bewegen, die Erbschaft anzunehmen?«

Sie schwankten beide ein wenig, aber es tat ihnen gut, so durch die Straßen von Paris zu schlendern, wo sie nur dann und wann von einem vorbeifahrenden Taxi gestört wurden.

»Ich glaube nicht.«

Morgen würde er Coméliau gegenüber einen anderen Ton anschlagen müssen, denn er merkte, daß in seiner Stimme etwas Sentimentales mitschwang.

»Warum hat er ihn umgebracht?«

»Was war Ihrer Meinung nach Omers erste Sorge, als er von Saint-André zurückkam?«

»Ich weiß nicht. Vermutlich war er wütend und hat seiner Frau befohlen, das Geld anzunehmen.«

Ein Bild tauchte in Maigrets Erinnerung auf: eine Tintenflasche und eine Schreibmappe mit drei weißen Blättern Papier auf dem runden Tisch des Schlafzimmers.

»Das entspricht seinem Charakter, nicht wahr?«

»Durchaus.«

»Nehmen Sie mal an, Omer habe sie zwingen wollen, ein Schriftstück dieses Inhalts zu unterzeichnen, und sie habe sich widersetzt.«

»Er war sicher imstande, ihr eine runterzuhauen. Ich kenne die Bauern unserer Gegend.«

»Er hat sie in regelmäßigen Abständen geschlagen.«

»Ich begreife langsam, worauf Sie hinauswollen.«

»Als er heimkam, machte er sich nicht die Mühe, sich umzuziehen. Es war Samstagnachmittag gegen vier. Er läßt Aline ins Schlafzimmer hinaufkommen, befiehlt, droht, schlägt zu.«

»Und da kommt ihr Liebhaber dazwischen?«

»Das ist die plausibelste Erklärung. Dieudonné kennt sich im Hause aus. Als er Lärm im Obergeschoß hört, geht er durch die Küche und eilt Aline oben zu Hilfe.«

»Und tötet den Ehemann!« schloß der Notar komödienhaft.

»Er tötet ihn, absichtlich oder zufällig, indem er ihm mit irgendeinem Gegenstand einen Schlag auf den Kopf versetzt.«

»Darauf zerstückelt er ihn.«

Das brachte Canonge, der in gehobener Stimmung war, zum Lachen.

»Zum Brüllen!« stieß er hervor. »Was mir zum Brüllen vorkommt, ist der Gedanke, Omer in Stücke zu zerlegen. Wissen Sie, wenn Sie Omer gekannt hätten ...«

Anstatt ihn zu ernüchtern, steigerte die frische Luft die Wirkung des Alkohols.

»Begleiten Sie mich noch ein Stück zurück?«

Sie machten beide kehrt und darauf noch einmal.

»Ein komischer Kerl«, seufzte Maigret.

»Wer? Omer?«

»Nein, Pape.«

»Er heißt obendrein Pape?«

»Nicht nur Pape, sondern Dieudonné Pape.«

»Zum Brüllen!«

»Er ist der friedlichste Mensch, dem ich je begegnet bin.«

»Und deshalb hat er Omer in Stücke zersäbelt?«

Wahrhaftig, es hatte eines Mannes wie Pape bedurft, eines einsamen, geduldigen, gewissenhaften Menschen, um die Spuren des Mordes so erfolgreich zu beseitigen. Selbst Moers und seine Mitarbeiter hatten trotz ihrer Apparate in dem Haus am Quai de Valmy nichts gefunden, das den Beweis erbracht hätte, daß dort ein Verbrechen begangen worden war.

Hatte Aline Calas geholfen, alles gründlich zu reinigen, die Wäsche und die Gegenstände verschwinden zu lassen, auf denen vielleicht verräterische Flecken waren?

Pape hatte nur einen Fehler begangen, der übrigens schwer zu vermeiden war: Er hatte nicht vorausgesehen, daß sich Maigret über das Fehlen schmutziger Wäsche im Hause wundern würde und auf die Idee verfallen könnte, sich an die Wäscherei zu wenden.

Was erhoffte sich das Paar? Daß Wochen, ja Monate verstreichen würden, ehe man im Kanal einen Teil der Überreste von Calas fand und daß dann diese Reste unmöglich zu identifizieren sein würden? Das wäre geschehen, wenn der Lastkahn der Gebrüder Naud nicht ein paar Tonnen Quadersteine zuviel geladen hätte und wenn er dadurch nicht den Schlamm des Kanals aufgewühlt hätte.

War der Kopf in die Seine oder in einen Gully geworfen worden? Maigret würde es vielleicht in einigen Tagen wissen. Er war überzeugt, daß er alles herausbekommen würde, aber das erregte bei ihm lediglich eine technische Neugier. Wichtig war nur das Drama, das sich zwischen den drei Personen abgespielt hatte und über dessen Verlauf er sich bestimmt nicht zu täuschen glaubte.

Er hätte geschworen, daß Aline und Dieudonné, nachdem die Spuren des Verbrechens beseitigt waren, die Hoffnung auf ein neues Leben gehegt hatten, das von dem bisherigen nicht sehr verschieden war.

Eine Zeitlang hätte Pape weiterhin, wie bislang, nachmittags eine Stunde oder zwei in dem kleinen Bistro verbracht, und allmählich wären seine Besuche immer länger geworden, bis der Ehemann von den Gästen und Nachbarn vergessen worden wäre und Pape sich ganz in dem Haus niederlassen konnte.

Hätte Aline sich weiter mit Antoine Cristin und anderen eingelassen?

Das war denkbar. Maigret wagte nicht, bis in diese Abgründe vorzudringen.

»Diesmal sage ich Ihnen gute Nacht!«

»Kann ich Sie morgen im Hotel anrufen? Ich werde Sie wegen einiger Formalitäten brauchen.«

»Sie brauchen nicht anzurufen. Ich bin um neun in Ihrem Büro.«

Natürlich war der Notar um neun Uhr nicht da, und Maigret hatte vergessen, daß er versprochen hatte, zum Quai zu kommen. Der Kommissar fühlte sich nicht allzu beschwingt, und er hatte mit einem gewissen Schuldgefühl die Augen aufgeschlagen, als seine Frau ihm seinen Kaffee auf den Nachttisch gestellt und ihm auf die Schulter getippt hatte.

Sie hatte dabei eigentümlich, mütterlicher als sonst und ein wenig bekümmert gelächelt.

»Wie fühlst du dich?«

Er erinnerte sich nicht, beim Erwachen je solche Kopfschmerzen gehabt zu haben, woraus zu schließen war, daß er zuviel getrunken hatte. Es war ihm selten passiert, beschwipst nach Hause zu kommen, und am meisten ärgerte ihn dabei, daß ihm gar nicht bewußt geworden war, daß er trank. Es war ganz langsam gegangen, ein Glas Kognak nach dem anderen.

»Weißt du noch, was du mir heute nacht alles über Aline Calas erzählt hast?«

Er zog es vor, sich nicht zu erinnern, denn er hatte den Eindruck, immer sentimentaler geworden zu sein.

»Es war, als seiest du in sie verliebt. Wenn ich eifersüchtig wäre . . .«

Er wurde rot und beeilte sich, sie zu beruhigen.

»Ist ja nur Spaß. Willst du das alles Coméliau berichten?«

Also hatte er auch von Coméliau gesprochen? Das war in der Tat alles, was ihm zu tun blieb. Allerdings würde er sich ihm gegenüber anders ausdrücken!

»Nichts Neues, Lapointe?«

»Nichts, Chef.«

»Laß bitte eine Annonce in die Nachmittagszeitungen setzen, daß sich der junge Mann bei der Polizei melden soll, den am Sonntag ein Unbekannter gebeten hat, an der Gare de l'Est einen Handkoffer bei der Gepäckaufbewahrung aufzugeben.«

»War es nicht Antoine?«

»Davon bin ich überzeugt. Pape hätte diesen Auftrag nicht jemandem erteilt, der in dem Haus aus und ein ging.«

»Der Beamte versichert doch . . .«

»Er hat einen jungen Burschen in Antoines Alter gesehen, der eine Lederjacke trug. Es gibt viele in diesem Viertel, auf die diese Beschreibung zutrifft.«

»Haben Sie Beweise gegen Pape?«

»Er wird gestehen.«

»Wollen Sie die beiden verhören?«

»Ich denke, daß Coméliau beim jetzigen Stand der Ermittlung darauf bestehen wird, das selbst zu übernehmen.«

Nun wurde die Sache leicht. Man brauchte nicht mehr Fragen ins Ungewisse hinein zu stellen, angeln zu gehen, wie man im Hause sagte. Maigret fragte sich übrigens, ob er so großen Wert darauf legte, Aline Calas und Dieudonné Pape bis hinter ihre letzten Verschanzungen zu drängen. Beide würden sich bis zum äußersten verteidigen, bis es ihnen nicht mehr möglich sein würde zu schweigen.

Er verbrachte fast eine Stunde oben beim Untersuchungsrichter, und von dort rief er Canonge an, der von dem Klingeln des Telefons aus dem Schlaf gerissen zu werden schien.

»Wer ist da?« fragte er in so komischem Ton, daß Maigret lächelte.

»Kommissar Maigret.«

»Wie spät ist es?«

»Halb elf. Richter Coméliau, der mit der Untersuchung beauftragt ist, möchte Sie so bald wie möglich in seinem Büro sprechen.«

»Sagen Sie ihm, ich komme gleich. Soll ich die Akte Boissancourt mitbringen?«

»Wenn Sie wollen.«

»Sind Sie meinetwegen nicht zu spät ins Bett gekommen?«

Der Notar mußte noch später schlafen gegangen sein. Wer weiß, wo er sich herumgetrieben hatte, als Maigret ihn verließ, denn der Kommissar hörte im Apparat eine Frauenstimme, die träge fragte:

»Wieviel Uhr ist es?«

Maigret ging wieder in sein Büro hinunter. Lapointe erkundigte sich:

»Will er sie verhören?«

»Ja.«

»Und mit der Frau den Anfang machen?«

»Ich habe ihm geraten, mit Pape zu beginnen.«

»Wird der eher klein beigeben?«

»Ja. Vor allem, wenn er, wie ich vermute, Calas den tödlichen Schlag versetzt hat.«

»Gehen Sie weg?«

»Ich muß im Hôtel-Dieu eine Auskunft einholen.«

Es handelte sich nur um eine Einzelheit. Er mußte das Ende einer Operation abwarten, bis er Lucette Calas sprechen konnte.

»Sind Sie jetzt durch die Zeitungen über den Tod Ihres Vaters und die Verhaftung Ihrer Mutter informiert?«

»Etwas dieser Art mußte ja geschehen.«

»Als Sie sie das letzte Mal besucht haben, hatten Sie da um Geld bitten wollen?«

»Nein.«

»Warum dann?«

»Um ihr mitzuteilen, daß ich Professor Lavaud heiraten werde, sobald er geschieden ist. Er könnte den Wunsch haben, sie kennenzulernen, und da wäre es mir lieb gewesen, daß man sie vorzeigen konnte.«

»Wußten Sie nicht, daß Boissancourt gestorben ist?«

»Wer ist das?«

Ihr Erstaunen war aufrichtig.

»Ihr Großvater.«

In neutralem Ton, als verkünde er eine unwichtige Neuigkeit, fügte er hinzu:

»Falls sie nicht des Mordes überführt wird, erbt Ihre Mutter ein Schloß, achtzehn Bauernhöfe und ich weiß nicht wie viele Millionen.«

»Sind Sie sicher?«

»Sie können sich bei Notar Canonge erkundigen, der im Hôtel d'Orsay abgestiegen ist und die Erbschaftsangelegenheiten regeln soll.«

»Wird er den ganzen Tag dort zu erreichen sein?«

»Ich nehme an.«

Sie fragte ihn nicht, was aus ihrer Mutter werden würde, und er verließ sie achselzuckend.

Maigret aß an jenem Tag nicht zu Mittag, denn er hatte keinen Hunger, doch zwei Gläser Bier brachten seinen Magen mehr oder weniger wieder in Ordnung. Er schloß sich den ganzen Nachmittag in seinem Büro ein. Er hatte die Schlüssel des Bistros am Quai de Valmy und zu Papes Wohnung vor sich hingelegt, und er schien ein boshaftes Vergnügen dabei zu empfinden, die Verwaltungsarbeiten zu erledigen, die ihm sonst ein Greuel waren.

Wenn das Telefon klingelte, griff er lebhafter als

sonst zum Hörer, doch erst kurz nach fünf vernahm er am anderen Ende der Leitung Coméliaus Stimme.

»Maigret?«

»Ja.«

Der Richter konnte ein triumphierendes Beben in der Stimme kaum unterdrücken.

»Ich hatte recht, sie festnehmen zu lassen.«

»Alle drei?«

»Nein. Den jungen Antoine habe ich eben wieder auf freien Fuß gesetzt.«

»Die anderen haben gestanden?«

»Ja.«

»Alles?«

»Alles, was *wir* vermutet haben. Ich hatte die gute Idee, mit dem Mann anzufangen, und als ich mit der ausführlichen Schilderung dessen fertig war, was geschehen sein muß, hat er nicht widersprochen.«

»Und die Frau?«

»Pape hat sein Geständnis in ihrer Gegenwart wiederholt, so daß es ihr unmöglich war, zu leugnen.«

»Sie hat dem nichts hinzugefügt?«

»Sie hat mich nur gefragt, als sie mein Büro verließ, ob Sie für ihre Katze gesorgt hätten.«

»Was haben Sie geantwortet?«

»Daß Sie anderes zu tun hätten.«

Das sollte Maigret dem Richter Coméliau sein Leben lang übelnehmen.

Shadow Rock Farm
Lakeville Connecticut
25. Januar 1955

Bitte beachten Sie auch
die folgenden Seiten

Georges Simenon im Diogenes Verlag

● Romane

Drei große Romane
Der Mörder / Der große Bob / Drei Zimmer in Manhattan. Deutsch von Linde Birk und Lothar Baier. detebe 21596

Brief an meinen Richter
Roman. Deutsch von Hansjürgen Wille und Barbara Klau. detebe 20371

Der Schnee war schmutzig
Roman. Deutsch von Willi A. Koch
detebe 20372

Die grünen Fensterläden
Roman. Deutsch von Alfred Günther
detebe 20373

Im Falle eines Unfalls
Roman. Deutsch von Hansjürgen Wille und Barbara Klau. detebe 20374

Sonntag
Roman. Deutsch von Hansjürgen Wille und Barbara Klau. detebe 20375

Bellas Tod
Roman. Deutsch von Elisabeth Serelmann-Küchler. detebe 20376

Der Mann mit dem kleinen Hund
Roman. Deutsch von Stefanie Weiss
detebe 20377

Drei Zimmer in Manhattan
Roman. Deutsch von Linde Birk
detebe 20378

Die Großmutter
Roman. Deutsch von Linde Birk
detebe 20379

Der kleine Mann von Archangelsk
Roman. Deutsch von Alfred Kuoni
detebe 20584

Der große Bob
Roman. Deutsch von Linde Birk
detebe 20585

Die Wahrheit über Bébé Donge
Roman. Deutsch von Renate Nickel
detebe 20586

Tropenkoller
Roman. Deutsch von Annerose Melter
detebe 20673

Ankunft Allerheiligen
Roman. Deutsch von Eugen Helmlé
detebe 20674

Der Präsident
Roman. Deutsch von Renate Nickel
detebe 20675

Der kleine Heilige
Roman. Deutsch von Trude Fein
detebe 20676

Der Outlaw
Roman. Deutsch von Liselotte Julius
detebe 20677

Die Glocken von Bicêtre
Roman. Neu übersetzt von Angela von Hagen. detebe 20678

Der Verdächtige
Roman. Deutsch von Eugen Helmlé
detebe 20679

Die Verlobung des Monsieur Hire
Roman. Deutsch von Linde Birk
detebe 20681

Der Mörder
Roman. Deutsch von Lothar Baier
detebe 20682

Die Zeugen
Roman. Deutsch von Anneliese Botond
detebe 20683

Die Komplizen
Roman. Deutsch von Stefanie Weiss
detebe 20684

Die Unbekannten im eigenen Haus
Roman. Deutsch von Gerda Scheffel
detebe 20685

Der Ausbrecher
Roman. Deutsch von Erika Tophoven-Schöningh. detebe 20686

Wellenschlag
Roman. Deutsch von Eugen Helmlé
detebe 20687

Der Mann aus London
Roman. Deutsch von Stefanie Weiss
detebe 20813

Die Überlebenden der Télémaque
Roman. Deutsch von Hainer Kober
detebe 20814

Der Mann, der den Zügen nachsah
Roman. Deutsch von Walter Schürenberg
detebe 20815

Zum Weißen Roß
Roman. Deutsch von Trude Fein
detebe 20986

Der Tod des Auguste Mature
Roman. Deutsch von Anneliese Botond
detebe 20987

Die Fantome des Hutmachers
Roman. Deutsch von Eugen Helmlé
detebe 21001

Die Witwe Couderc
Roman. Deutsch von Hanns Grössel
detebe 21002

Schlußlichter
Roman. Deutsch von Stefanie Weiss
detebe 21010

Die schwarze Kugel
Roman. Deutsch von Renate Nickel
detebe 21011

Die Brüder Rico
Roman. Deutsch von Angela von Hagen
detebe 21020

Antoine und Julie
Roman. Deutsch von Eugen Helmlé
detebe 21047

Betty
Roman. Deutsch von Raymond Regh
detebe 21057

Die Tür
Roman. Deutsch von Linde Birk
detebe 21114

Der Neger
Roman. Deutsch von Linde Birk
detebe 21118

Das blaue Zimmer
Roman. Deutsch von Angela von Hagen
detebe 21121

Es gibt noch Haselnußsträucher
Roman. Deutsch von Angela von Hagen
detebe 21192

Der Bürgermeister von Furnes
Roman. Deutsch von Hanns Grössel
detebe 21209

Der Untermieter
Roman. Deutsch von Ralph Eue
detebe 21255

Das Testament Donadieu
Roman. Deutsch von Eugen Helmlé
detebe 21256

Die Leute gegenüber
Roman. Deutsch von Hans-Joachim Hartstein. detebe 21273

Weder ein noch aus
Roman. Deutsch von Elfriede Riegler
detebe 21304

Auf großer Fahrt
Roman. Deutsch von Angela von Hagen
detebe 21327

Der Bericht des Polizisten
Roman. Deutsch von Markus Jakob
detebe 21328

Die Zeit mit Anaïs
Roman. Deutsch von Ursula Vogel
detebe 21329

Der Passagier der Polarlys
Roman. Deutsch von Stefanie Weiss
detebe 21377

Die Katze
Roman. Deutsch von Angela von Hagen
detebe 21378

Die Schwarze von Panama
Roman. Deutsch von Ursula Vogel
detebe 21424

Das Gasthaus im Elsaß
Roman. Deutsch von Angela von Hagen
detebe 21425

Das Haus am Kanal
Roman. Deutsch von Ursula Vogel
detebe 21426

Der Zug
Roman. Deutsch von Trude Fein. detebe 21480

Striptease
Roman. Deutsch von Angela von Hagen
detebe 21481

45° im Schatten
Roman. Deutsch von Angela von Hagen
detebe 21482

Die Eisentreppe
Roman. Deutsch von Angela von Hagen
detebe 21557

Das Fenster der Rouets
Roman. Deutsch von Stefanie Weiss
detebe 21558

Die bösen Schwestern von Concarneau
Roman. Deutsch von Ingrid Altrichter
detebe 21559

Der Sohn Cardinaud
Roman. Deutsch von Linde Birk
detebe 21598

Der Zug aus Venedig
Roman. Deutsch von Liselotte Julius
detebe 21617

Weißer Mann mit Brille
Roman. Deutsch von Ursula Vogel
detebe 21635

Der Bananentourist
Roman. Deutsch von Barbara Heller
detebe 21679

Monsieur La Souris
Roman. Deutsch von Renate Heimbucher-Bengs. detebe 21681

Der Teddybär
Roman. Deutsch von Ingrid Altrichter
detebe 21682

Die Marie vom Hafen
Roman. Deutsch von Ursula Vogel
detebe 21683

Der reiche Mann
Roman. Deutsch von Stefanie Weiss
detebe 21753

»... die da dürstet«
Roman. Deutsch von Irène Kuhn
detebe 21773

Vor Gericht
Roman. Deutsch von Linde Birk. detebe 21786

Der Umzug
Roman. Deutsch von Barbara Heller
detebe 21797

Der fremde Vetter
Roman. Deutsch von Stefanie Weiss
detebe 21798

Das Begräbnis des Monsieur Bouvet
Roman. Deutsch von H.J. Solbrig
detebe 21799

Die schielende Marie
Roman. Deutsch von Eugen Helmlé
detebe 21800

Die Pitards
Roman. Deutsch von Ingrid Altrichter
detebe 21857

Das Gefängnis
Roman. Deutsch von Michael Mosblech

Malétras zieht Bilanz
Roman. Deutsch von Irmgard Perfahl
detebe 21893

Das Haus am Quai Notre-Dame
Roman. Deutsch von Eugen Helmlé
detebe 21894

Der Neue
Roman. Deutsch von Ingrid Altrichter
detebe 21895

Die Erbschleicher
Roman. Deutsch von Renate Heimbucher-Bengs. detebe 21938

Die Selbstmörder
Roman. Deutsch von Linde Birk. detebe 21939

Tante Jeanne
Roman. Deutsch von Inge Giese. detebe 21940

Der Rückfall
Roman. Deutsch von Ursula Vogel
detebe 21941

Am Maultierpaß
Roman. Deutsch von Michael Mosblech
detebe 21942

Der Glaskäfig
Roman. Deutsch von Stefanie Weiss
detebe 22403

Das Schicksal der Malous
Roman. Deutsch von Günter Seib
detebe 22404

Der Uhrmacher von Everton
Roman. Deutsch von Ursula Vogel
detebe 22405

Das zweite Leben
Roman. Deutsch von Ingrid Altrichter
detebe 22406

Der Erpresser
Roman. Deutsch von Linde Birk
detebe 22407

Die Flucht des Monsieur Monde
Roman. Deutsch von Barbara Heller
detebe 22408

Der ältere Bruder
Roman. Deutsch von Ingrid Altrichter
detebe 22454

Doktor Bergelon
Roman. Deutsch von Günter Seib
detebe 22455

Die letzten Tage eines armen Mannes
Roman. Deutsch von Michael Mosblech
detebe 22456

Sackgasse
Roman. Deutsch von Stefanie Weiss und Richard K. Flesch. detebe 22457

Die Flucht der Flamen
Roman. Deutsch von Barbara Heller
detebe 22458

Die verschwundene Tochter
Roman. Deutsch von Renate Heimbucher
detebe 22459

● Maigret-Romane und -Erzählungen

Weihnachten mit Maigret
Zwei Romane und eine Erzählung. Leinen

Der Goldene Gelbe 88
Einmalige Sonderausgabe. Enthält folgende Romane: Maigret amüsiert sich / Mein Freund Maigret / Maigret und die junge Tote. Deutsch von Renate Nickel, Annerose Melter und Raymond Regh. detebe 21597

Maigrets erste Untersuchung
Roman. Deutsch von Roswitha Plancherel
detebe 20501

Maigret und Pietr der Lette
Roman. Deutsch von Wolfram Schäfer
detebe 20502

Maigret und die alte Dame
Roman. Deutsch von Renate Nickel
detebe 20503

Maigret und der Mann auf der Bank
Roman. Deutsch von Annerose Melter
detebe 20504

Maigret und der Minister
Roman. Deutsch von Annerose Melter
detebe 20505

Mein Freund Maigret
Roman. Deutsch von Annerose Melter
detebe 20506

Maigrets Memoiren
Roman. Deutsch von Roswitha Plancherel
detebe 20507

Maigret und die junge Tote
Roman. Deutsch von Raymond Regh
detebe 20508

Maigret amüsiert sich
Roman. Deutsch von Renate Nickel
detebe 20509

Hier irrt Maigret
Roman. Deutsch von Elfriede Riegler
detebe 20690

Maigret und der gelbe Hund
Roman. Deutsch von Raymond Regh
detebe 20691

Maigret vor dem Schwurgericht
Roman. Deutsch von Wolfram Schäfer
detebe 20692

Maigret als möblierter Herr
Roman. Deutsch von Wolfram Schäfer
detebe 20693

Madame Maigrets Freundin
Roman. Deutsch von Roswitha Plancherel
detebe 20713

Maigret kämpft um den Kopf eines Mannes
Roman. Deutsch von Roswitha Plancherel
detebe 20714

Maigret und die kopflose Leiche
Roman. Deutsch von Wolfram Schäfer
detebe 20715

Maigret und die widerspenstigen Zeugen
Roman. Deutsch von Wolfram Schäfer
detebe 20716

Maigret am Treffen der Neufundlandfahrer
Roman. Deutsch von Annerose Melter
detebe 20717

Maigret bei den Flamen
Roman. Deutsch von Claus Sprick
detebe 20718

Maigret und das Schattenspiel
Roman. Deutsch von Claus Sprick
detebe 20734

Maigret zögert
Roman. Deutsch von Annerose Melter
detebe 20757

Maigret und die Bohnenstange
Roman. Deutsch von Guy Montag
detebe 20808

Maigret und das Verbrechen in Holland
Roman. Deutsch von Renate Nickel
detebe 20809

Maigret und sein Toter
Roman. Deutsch von Elfriede Riegler
detebe 20810

Maigret beim Coroner
Roman. Deutsch von Wolfram Schäfer
detebe 20811

Maigret, Lognon und die Gangster
Roman. Deutsch von Wolfram Schäfer
detebe 20812

Maigret und der Gehängte von Saint-Pholien
Roman. Deutsch von Sibylle Powell
detebe 20816

Maigret und der verstorbene Monsieur Gallet
Roman. Deutsch von Roswitha Plancherel
detebe 20817

Maigret regt sich auf
Roman. Deutsch von Wolfram Schäfer
detebe 20820

Maigret und der Treidler der ›Providence‹
Roman. Deutsch von Claus Sprick
detebe 21029

Maigrets Nacht an der Kreuzung
Roman. Deutsch von Annerose Melter
detebe 21050

Maigret hat Angst
Roman. Deutsch von Elfriede Riegler
detebe 21062

Maigret gerät in Wut
Roman. Deutsch von Wolfram Schäfer
detebe 21113

Maigret verteidigt sich
Roman. Deutsch von Wolfram Schäfer
detebe 21117

Maigret erlebt eine Niederlage
Roman. Deutsch von Elfriede Riegler
detebe 21120

Maigret und der geheimnisvolle Kapitän
Roman. Deutsch von Annerose Melter
detebe 21180

Maigret und die alten Leute
Roman. Deutsch von Annerose Melter
detebe 21200

Maigret und das Dienstmädchen
Roman. Deutsch von Hainer Kober
detebe 21220

Maigret im Haus des Richters
Roman. Deutsch von Liselotte Julius
detebe 21238

Maigret und der Fall Nahour
Roman. Deutsch von Sibylle Powell
detebe 21250

Maigret und der Samstagsklient
Roman. Deutsch von Angelika Hildebrandt-Essig. detebe 21295

Maigret in New York
Roman. Deutsch von Bernhard Jolles
detebe 21308

Maigret und die Affäre Saint-Fiacre
Roman. Deutsch von Werner De Haas
detebe 21373

Maigret stellt eine Falle
Roman. Deutsch von Angela von Hagen
detebe 21374

Sechs neue Fälle für Maigret
Erzählungen. Deutsch von Elfriede Riegler
detebe 21375

Maigret in der Liberty Bar
Roman. Deutsch von Angela von Hagen
detebe 21376

Maigret und der Spion
Roman. Deutsch von Hainer Kober
detebe 21427

Maigret stellt eine Falle
Roman. Deutsch von Angela von Hagen
detebe 21374

Sechs neue Fälle für Maigret
Erzählungen. Deutsch von Elfriede Riegler
detebe 21375

Maigret in der Liberty Bar
Roman. Deutsch von Angela von Hagen
detebe 21376

Maigret und der Spion
Roman. Deutsch von Hainer Kober
detebe 21427

Maigret und die kleine Landkneipe
Roman. Deutsch von Bernhard Jolles und Heide Bideau. detebe 21428

Maigret und der Verrückte von Bergerac
Roman. Deutsch von Hainer Kober
detebe 21429

Maigret, die Tänzerin und die Gräfin
Roman. Deutsch von Hainer Kober
detebe 21484

Maigret macht Ferien
Roman. Deutsch von Markus Jakob
detebe 21485

Maigret und der hartnäckigste Gast der Welt
Sechs Fälle für Maigret. Deutsch von Linde Birk und Ingrid Altrichter. detebe 21486

Maigret verliert eine Verehrerin
Roman. Deutsch von Ingrid Altrichter
detebe 21521

Maigret in Nöten
Roman. Deutsch von Markus Jakob
detebe 21522

Maigret und sein Rivale
Roman. Deutsch von Ingrid Altrichter
detebe 21523

Maigret und die schrecklichen Kinder
Roman. Deutsch von Paul Celan
detebe 21574

Maigret und sein Jugendfreund
Roman. Deutsch von Markus Jakob
detebe 21575

Maigret und sein Revolver
Roman. Deutsch von Ingrid Altrichter
detebe 21576

Maigret auf Reisen
Roman. Deutsch von Ingrid Altrichter
detebe 21593

Maigret und die braven Leute
Roman. Deutsch von Ingrid Altrichter
detebe 21615

Maigret und der faule Dieb
Roman. Deutsch von Stefanie Weiss
detebe 21629

Maigret und die verrückte Witwe
Roman. Deutsch von Michael Mosblech
detebe 21680

Maigret und sein Neffe
Roman. Deutsch von Ingrid Altrichter
detebe 21684

Maigret und Stan der Killer
Vier Fälle für Maigret. Deutsch von Inge Giese und Eva Schönfeld. detebe 21741

Maigret und das Gespenst
Roman. Deutsch von Barbara Heller
detebe 21760

Maigret in Kur
Roman. Deutsch von Irène Kuhn
detebe 21770

Madame Maigrets Liebhaber
Vier Fälle für Maigret. Deutsch von Ingrid Altrichter, Inge Giese und Josef Winiger
detebe 21791

Maigret und der Clochard
Roman. Deutsch von Josef Winiger
detebe 21801

Maigret und Monsieur Charles
Roman. Deutsch von Renate Heimbucher-Bengs. detebe 21802

Maigret und der Spitzel
Roman. Deutsch von Inge Giese. detebe 21803

Maigret und der einsamste Mann der Welt
Roman. Deutsch von Ursula Vogel
detebe 21804

Maigret und der Messerstecher
Roman. Deutsch von Josef Winiger
detebe 21805

Maigret hat Skrupel
Roman. Deutsch von Ingrid Altrichter
detebe 21806

Maigret in Künstlerkreisen
Roman. Deutsch von Ursula Vogel
detebe 21871

Maigret und der Weinhändler
Roman. Deutsch von Hainer Kober
detebe 21872

● Erzählungen

Der kleine Doktor
Erzählungen. Deutsch von Hansjürgen Wille und Barbara Klau. detebe 21025

Emil und sein Schiff
Erzählungen. Deutsch von Angela von Hagen. detebe 21318

Die schwanzlosen Schweinchen
Erzählungen. Deutsch von Linde Birk
detebe 21284

Exotische Novellen
Deutsch von Annerose Melter. detebe 21285

Meistererzählungen
Deutsch von Wolfram Schäfer u.a.
detebe 21620

Die beiden Alten in Cherbourg
Erzählungen. Deutsch von Inge Giese und Reinhard Tiffert. detebe 21943

● Reportagen

Die Pfeife Kleopatras
Reportagen aus aller Welt. Deutsch von Guy Montag. detebe 21223

Zahltag in einer Bank
Reportagen aus Frankreich. Deutsch von Guy Montag. detebe 21224

● Biographisches

Intime Memoiren und Das Buch von Marie-Jo
Aus dem Französischen von Hans-Joachim Hartstein, Claus Sprick, Guy Montag und Linde Birk. detebe 21216

Stammbaum
Pedigree. Autobiographischer Roman
Deutsch von Hans-Joachim Hartstein
detebe 21217

Simenon auf der Couch
Fünf Ärzte verhören den Autor sieben Stunden lang. Deutsch von Irène Kuhn
Mit einer Bibliographie und Filmographie und 43 Abbildungen. detebe 21658

Außerdem liegen vor:

Stanley G. Eskin
Simenon
Eine Biographie. Mit zahlreichen bisher unveröffentlichten Fotos, Lebenschronik, Bibliographie, ausführlicher Filmographie, Anmerkungen, Namen- und Werkregister. Aus dem Amerikanischen von Michael Mosblech
Leinen

Über Simenon
Zeugnisse und Essays von Patricia Highsmith bis Alfred Andersch. Mit einem Interview, mit Chronik und Bibliographie. Herausgegeben von Claudia Schmölders und Christian Strich. detebe 20499

Das Simenon Lesebuch
Erzählungen, Reportagen, Erinnerungen
Herausgegeben von Daniel Keel
detebe 20500

Stanley G. Eskin

Simenon

Eine Biographie

Aus dem Amerikanischen von Michael Mosblech

Stanley G. Eskins Biographie stützt sich auf Gespräche mit Simenon, mit Verwandten, Freunden, Verlegern des Autors sowie auf das riesige, erst bruchstückhaft erschlossene Material des Simenon-Archivs in Lüttich.

»Eskin erzählt so anschaulich, als habe er von dem Gegenstand seiner Studien die einfache, farbige, spannende Erzählweise gelernt.«
Frankfurter Allgemeine Zeitung

»Mit dem Index, den zahlreichen Anmerkungen, der vollständigen Bibliographie der Werke und der Verfilmungen wird dieser Band sicher die große umfassende Biographie des Schriftstellers werden. Eskin hält auch mit persönlichen Urteilen nicht zurück; sein Buch verdient daher Aufmerksamkeit und Hochachtung.«
Die Welt, Bonn

»Ich konnte nie glauben, daß Simenon wirklich existiert. Seine ungeheure Produktion, mein immer neues Staunen über die Vollkommenheit seiner Erzählungen, die psychologische Genauigkeit seiner unendlich vielen Figuren, die Eindrücklichkeit der Landschaftsbeschreibungen vermittelten mir stets das Bild eines hinreißenden Schriftstellers, das aber so ungreifbar und unbestimmt blieb wie etwa das Bild des Frühlings, des Meeres, das Bild von Weihnachten – Bilder, die man mit Vergnügen und unbewußtem Wohlbehagen in sich aufnimmt und erlebt, ohne daß sie imstande wären, die Begriffe in ihrer Dinghaftigkeit und Identität vollständig zu verkörpern.« *Federico Fellini*

»Mit Sicherheit das umfassendste Werk, das je über mich geschrieben wurde.« *Georges Simenon*

Deutschsprachige Thriller im Diogenes Verlag

● Jakob Arjouni

Ein Mann, ein Mord
Ein Kayankaya-Roman. Leinen

Happy birthday, Türke!
Ein Kayankaya-Roman. detebe 21544

Mehr Bier
Ein Kayankaya-Roman. detebe 21545

● Robert Benesch

Außer Kontrolle
Roman. detebe 21081

● Kurt Bracharz

Pappkameraden
Roman. detebe 21475

● Peter Bradatsch

Waschen, Schneiden, Umlegen
Ein Dutzend Kriminalgeschichten
detebe 21272

● Beat Brechbühl

Kneuss
Roman. detebe 21416

● Claude Cueni

Schneller als das Auge
Roman. detebe 21542

● Friedrich Dürrenmatt

Der Richter und sein Henker
Kriminalroman. detebe 21435

Der Verdacht
Kriminalroman. detebe 21436

Das Versprechen / Aufenthalt in einer kleinen Stadt
Erzählungen. detebe 20852

Justiz
Roman. detebe 21540

● Friedrich Glauser

Wachtmeister Studer
Roman. detebe 21733

Die Fieberkurve
Roman. detebe 21734

Matto regiert
Roman. detebe 21735

Der Chinese
Roman. detebe 21736

Krock & Co.
Roman. detebe 21737

Der Tee der drei alten Damen
Roman. detebe 21738

● E.W. Heine

Toppler
Ein Mordfall im Mittelalter. Mit zahlreichen Vignetten des Autors. Leinen

Kille Kille
Makabre Geschichten. detebe 21053

Hackepeter
Neue Kille Kille Geschichten. detebe 21219

Kuck Kuck
Noch mehr Kille Kille Geschichten
detebe 21692

Wer ermordete Mozart? Wer enthauptete Haydn?
Mordgeschichten für Musikfreunde
detebe 21437

Wie starb Wagner? Was geschah mit Glenn Miller?
Neue Geschichten für Musikfreunde
detebe 21514

Das Glasauge
Neue Kille Kille Geschichten. detebe 22471

● Otto Jägersberg

Der Herr der Regeln
Roman. detebe 21612

● Hans Werner Kettenbach

Minnie oder Ein Fall von Geringfügigkeit
Roman. detebe 21218

Schmatz oder Die Sackgasse
Roman. detebe 21732

● **Jürgen Lodemann**
Anita Drögemöller und Die Ruhe an der Ruhr
Roman. detebe 20283

Essen Viehofer Platz
Roman. detebe 21613

● **Fanny Morweiser**
Lalu lalula, arme kleine Ophelia
Eine unheimliche Liebesgeschichte
detebe 20608

La vie en rose
Ein romantischer Roman. detebe 20609

Die Kürbisdame
Eine Kleinstadt-Trilogie. detebe 20758

Indianer-Leo
und andere Geschichten aus dem Wilden Westdeutschland. detebe 20799

Ein Sommer in Davids Haus
Roman. detebe 21059

Voodoo-Emmi
Erzählungen. detebe 21541

Ein Winter ohne Schnee
Roman. detebe 21693

● **Karl W. Schlegel**
Richter wider Willen
Roman. detebe 21422

● **Bernhard Schlink**
Die gordische Schleife
Roman. detebe 21668

zusammen mit Walter Popp:
Selbs Justiz
Roman. detebe 21543

● **Lydia Tews**
Wer nicht träumt, ist tot
Roman. detebe 21513

● **Susanne Thommes**
Brüderchen und Schwesterchen
Roman. detebe 21423

Totensonntag
Roman. detebe 21474

zusammen mit Roland Kramp:
Der falsche Freund
Roman. detebe 21380

● **Hans Weigold**
Eines der verwunschenen Häuser
Roman. detebe 21070